再读徐志摩

西风残照中的雁阵

徐志摩／谈／文学创作

徐志摩／著

天津出版传媒集团

天津人民出版社

图书在版编目（ＣＩＰ）数据

西风残照中的雁阵：徐志摩谈文学创作 / 徐志摩著.
— 天津：天津人民出版社, 2013.4
　（再读徐志摩）
　ISBN 978-7-201-08031-4

　Ⅰ.①西… Ⅱ.①徐… Ⅲ.①文学创作–创作理论
Ⅳ.①I04

中国版本图书馆 CIP 数据核字(2013)第 050823 号

天津人民出版社出版

出版人：黄　沛
（天津市西康路 35 号　邮政编码：300051）
邮购部电话：（022）23332469
网址：http://www.tjrmcbs.com.cn
电子信箱：tjrmcbs@126.com

高教社(天津)印务有限公司印刷　　新华书店经销

2013 年 4 月第 1 版　2013 年 4 月第 1 次印刷
700×960 毫米　16 开本　10 印张　2 插页
字数：200 千字
定　价：28.00 元

满目纷繁说文学

（代 序）

  徐志摩是五四新文化运动以后文化界非常活跃的人物。他不仅有大量的诗文面世，而且对于当时文坛的发展走向，也发挥了一定的引导作用。他的文学评论，便是这方面的显著例子。

  当然，文学评论，也往往不免于人事纠纷、意气纷争。徐志摩是个生性单纯的人，不太懂人情世故，还以为做一个批评朋友缺点的诤友是理所应当的呢，结果却不免碰壁。1923 年 5 月，他在《努力周报》上发表了一篇评论新诗的文章，其中不指名地引用了郭沫若一首诗的句子，说："那位诗人摩按他从前的卧榻书桌，看看窗外的云光水色，不觉大大的动了伤感，他就禁不住'……泪浪滔滔'。……他就使感情强烈，就使眼泪'富裕'，也何至于像海浪一样的滔滔而来！"

  这一评可捅了马蜂窝，引起创造社诸君的愤怒。成仿吾愤而写了绝交信，称："你一方面虚与我们周旋，暗暗里却向我们射冷箭，志摩兄！我不想人之虚伪，一至于此！"

  而且，以成仿吾、郭沫若、郁达夫为中坚的创造社，与以胡适为首的文学研究会之间是有矛盾的，徐志摩又与胡适过从甚密，也引起创造社诸位的愤恨，直呼徐志摩为"Fake man"（虚伪的人）。而徐志摩又曾私下笑谈过茅盾有关"雅典主义"的翻译错误，由此也得罪了文学研究会。因此，徐志摩急急写了一篇公开信《天下本无事》，力图澄清事实，称自己只想到评论作品本身，而没想到要与人"抬杠"。他希望彼此"消除成见的暴戾与专愎，在真文艺精神的温热里互感彼此心灵之密切"。

尽管如此，他没有停止自己对新时期文学发展的主张。以下几方面，可以看出他的努力。

一、对文艺理论的看法

关于小说的功能的认识，徐志摩说，"中国人说小说是娱乐的，这是根本错误"。他认为，文学要反映社会现实问题。

围绕徐志摩的小说《春痕》，曾有过争论。一位女士读了小说后认为，故事反映了一般男子的本性：只看重女人的年轻与美貌，一旦色衰，则男人心中的爱恋也变作了厌恶。徐志摩强调对方没看明白自己的用意，指出不要把那段故事看作厌世观的宣泄，不要把重色视作男人的通性，不要把世间男人都看得太粗俗，不要认为恋情的有无全凭色相的幻象。作者不是要表达对失去美色后的女人的嘲讽，相反，而是要对"世俗的做妻做母负担之惨酷"的现状作"人道的抗议"！在"个性湮灭的社会里"，春痕即使在性灵上再纯真、智力上再自觉，也难免在社会公认的女子理想标准中变得平庸，以至于粗俗。

徐志摩还从英国的一份杂志上翻译了一篇小说《生命的报酬》，他对于小说中所展现的"人的意志的贞，品格的洁，与灵魂的勇敢"，尤其是小说主人公代表了"意大利或是任何大民族不死的国魂"。徐志摩正是希望这样的小说，能唤起中国民众的觉醒，"我们应当在这里面发现我们自己应有的声音"，即使我们的身影寒伧卑微，而我们传统的"知耻"与"有节"的观念的承传,已成为一种民族的人格。我们应当看分明"破坏性的事实里,往往涵有真建设的意义","造成国民性或国魂的是革命"。虽然徐志摩对于共产党并不理解,而他对文学作品价值的评价已上升到是铸造一个国家、民族的精神的高度,则文学的意义,就不只是闲情逸致的抒发了。关于这一点,可以读读他的《从小说讲到大事》一文。

徐志摩从西方文学角度看文学的特征,还提出了读西洋文学作品,须明了以下几个方面的知识:"一、女子的地位和恋爱的观念;二、社会上的道德观念和标准;三、中古时代的制度以及因此发生的风俗和习惯;四、希腊和拉丁神话中的故实;五、宗教;六、艺术的起源和发展。"可见文学是与社会文化紧密相关联的,不能就文学谈文学,为文学而文学。

二、办文学报刊的理念

徐志摩一主持《晨报副刊》,就写了一篇《迎上前去》,说"在这灰这断片这泥的底里他再来发现他更伟大更光明的理想",也就是他是充满着理想去作出自己的努力。后来,他又与同人合办《新月》杂志,也是认定"我们想像中曙光似的闪动,还不是生命的又一个阳光充满的清朝的预告"。他是有理想的,希望给思想文化界带来一股清风。

首先,他努力组织一支得力的作者队伍。接手《晨报副刊》,徐志摩宣称可以邀约强有力的作者来协办,其中包括梁启超、赵元任、张奚若、胡适、江绍原……几十位大家,都是当时学界响当当的角色。"请姚茫父、余越园先生谈中国美术;请刘海粟、钱稻孙、邓以蛰诸先生谈西洋艺术;余上沅、赵太侔谈戏剧;闻一多先生谈文学;翁文灏、任叔永诸先生专撰科学的论文;萧友梅、赵元任先生谈西洋音乐;李济之先生谈中国音乐。"他更写信到上海,向郭沫若、吴德生、张东荪约稿;写信到武昌,向他的老朋友郁达夫约稿。他办《剧刊》《诗刊》《新月》,都是尽力罗致最有水准的作者,让所办刊有了一种无形的影响力。

其次,他办刊,要求保持知识分子的独立性人格。"我办就办,办法可得完全由我,我爱登什么就登什么"。并且,"我决不是一个会投机的主笔,迎合群众心理我是不来的,谀附言论界的权威者我是不来的,取媚社会的愚暗与褊浅我是不来的。我来只认识我自己,只知对我自己负责任。我不愿意说的话你逼我求我我都不说的;我要说的话你逼我求我我都不能不说的"。

也就是说,他办刊,须有他所主张的思想。在《新月的态度》一文中,他提出了一个"纯正的思想"的概念,希望由此达到人生改造的目的,实现我们自身活力的解放。"要从恶浊的底里解放圣洁的泉源,要从时代的破烂里规复人生的尊严。"他要警醒自身,唤醒世人,以实现"这时代的'创造的理想主义'的高潮"的到来。

为此,他"有一个愿心",就是"我想把我自己整个儿交给能容纳我的读者们,我心目中的读者们,说实话,就只这时代的青年。我觉着只有青年们的心窝里有容我的空隙,我要偎着他们的热血,听他们的脉搏。我要在我自己的情感里发见他们的情感,在我自己的思想里反映他们的思想"。他要表达的是要与青年人的情感和追求保持一致,成为他们的人生体验的一部分。

再次,他追求真正的艺术园地的形成。《晨报副刊·剧刊》的创刊,便是他的艺术追求的尝试。"戏剧是艺术的艺术。因为它不仅包含诗、文学、画、雕刻、建筑、音乐、舞蹈各类的艺术,它最主要的成分尤其是人生的艺术"。而他正是要借这艺术的艺术，"小之震荡个人的灵性，大之摇撼一民族的神魂"。因此，他主张在《剧刊》上宣传戏剧观念，讨论戏剧派别及其价值，介绍中外名剧，研究剧艺各种门道。这在中国现代戏剧发展史上，是值得好好书写一笔的。只可惜《剧刊》只出了十五期，便终结了。

他还与邵洵美等创办了《诗刊》。在《〈诗刊〉序语》中，他说："我们共信诗是一种艺术"，想与对诗有兴趣的朋友一起，"斗胆在功利气息最浓重的地处与时日，结起一个小小的诗坛"，"希冀早晚可以放露一点小小的光"。他相信诗歌是有前途的，是一个时代、一个民族不可缺少的声音。从中可以听出民族精神的"旺盛抑销沉"。现在需要的是，不经意间的抒情的诗意，"竟许可以开成千百万人热情的鲜花，绽出瑰丽的英雄的果实"。

最后，他一直致力于现代文学艺术道路的探索。当中国新诗在一批新诗人的探索下百花竞放时，也有人担忧这种与西方文学日益接近的文学道路，是否将导致中国固有文学特性的消失："与你们自己这份家产的一点精神不是相离日远了吗？""你们怎样对得住你们的屈原陶潜李白？"历史证明这样的担忧纯属多余，而在当年，却是要有勇气去面对的。徐志摩说，文学上的革命正如政治上的透明是一样的，正经历着时代的震荡。此时正是走到了半路，绝不能因顾忌这顾忌那就半途而废。求索之路正如卷进潮流的人一般，"在水雾昏花里勉强辨认周围的光景"，虽然"离'静观自得'的境界还差得远"，但拥有这个时代本身，已远比那些不属于这个时代的那些站在岸边的看客更有意义。

5

三、对名家名作的探讨

徐志摩极看重人文精神的探求。从他所关注的丹农雪乌(邓南遮)、托尔斯泰、太戈尔(泰戈尔)等著名作家来说,他一直在努力从他们的作品中,触及他们的思想和灵魂,了解其艺术与社会、与人生的关联。

徐志摩对丹农雪乌的作品,尤其是他的小说,作了简明扼要的介绍与品读。丹农雪乌是意大利著名诗人、小说家、剧作家、民族主义者。文学创作甚丰,早年的创作具有现实主义倾向,后来倾向于唯美主义写作,影响很大。

徐志摩看出了其作品中折射的作者自身的影子,甚至可以说是"他的变相的自传"。因他本身带着与众不同的怪异特征,使得他的作品也充满着奇异与疯狂:"爱险,好奇,崇拜权力,爱荒诞与殊特,甚至爱凶狠,爱暴虐爱胜利与摧残,爱自我的实现。"徐志摩认为,有一种超人的幻想支配着丹农雪乌的追求,他试图从他面临的现实世界里寻求他超人的理想。这其中深深地带着尼采的思想烙印。由此又造就了他对于纯粹的艺术的美的追求。

丹农雪乌是欧洲社会大动荡、大分化时期激进文人的代表,他鼓吹铤而走险和一往无前的"英雄主义"精神,追求奢侈豪华和变态纵欲的生活;向往权力,崇尚荣誉,带着狂热的激情力图在深感不满的客观实际中实现自己的奇异理想。由此就不难理解丹农雪乌后来为什么会成为一个法西斯主义的追随者,即使他末年曾忏悔道:"目睹这惨淡而又痛苦的一生,我真想抹去自己曾有过的那些经历——如今想起来真令人毛骨悚然。"而堕落的劣迹是无法抹去了。

徐志摩赞赏丹农雪乌出类拔萃的才情,也认识到了他那强烈的偏执禀性。徐志摩说:"他的理想的生活当然是过于偏激的。他的纵欲主义,如其不经过诗的想象的清滤,容易流入丑恶的兽道;他的唯美主义,如其没有高尚的思想的基筑,也容易流入琐碎的饰伪。至于他的理想的恋爱的不可能,他自己的小说即是证据。"

徐志摩还对其代表作《死的胜利》《无辜者》《快乐儿》等作了精彩评述,很有导读价值。

徐志摩也从托尔斯泰有关生活与艺术的关系的论述中,看到现实世界对于艺术所具有的重要影响。他说:"艺术是不能脱离生活独立的,它的生存与发展是基于有一定条件的。生活不允许的时候,艺术就没有站住的机会。"当然,徐志摩的认识也有一定的偏颇,他认为"乱世与文化是不相容的","只有在生活允准我们闲暇的日子,我们才可以接近艺术、创作艺术"。似乎文化艺术只是有闲人在无忧无虑的日子里才能创造出来,这显然忽略了一个历史事实:许多伟大的文化艺术作品,正是出自生活最窘迫的非有闲人之手。

当时的现实是黑暗的,生活是缺乏生机的,徐志摩期待着一个平和光明的时代的到来,从而也期待着出现"文艺复兴"。他说,我们现在的意识是破碎的、断续的,"期望有那一天,到时候这些断片碎屑重复能合成一个无裂痕的明洁的整体,凭着天光的妙用,再照出宇宙的异命"。

1923年,泰戈尔来华,成为文化界一件大事。徐志摩在《太戈尔来华》一文中,阐述了泰戈尔的哲学思想和文学精神。他让读者深入"体会太戈尔诗化中的人格"。诗人的内心境界,外人是难以捉摸的。内心深处的痛苦挣扎,在那奥秘灵府中凝聚成了深邃的哲理的思想。这对于中国人来说,可以纠正狂放恣纵的意气,增强慈悲同情的爱心。

徐志摩强调的不是泰戈尔文学创作的本身,而是对其人生观、文学观的极度推崇。由此也给人以启示:我们应当从文学创作中,看到思

7

想,看到灵魂,看到胸怀,看到心境,而不只是作品本身的情节的研读。

四、关于文学与人生的思考

徐志摩写过多篇图书序言,他曾在自己的文集序中自称"是个为学一无所成的人,偶尔弄笔头也只是'随兴',那够得上说思想"?因此,也有朋友评他:"志摩感之浮,使他不能为诗人;思想之杂,使他不能为文人。"也许就是这种"随兴"弄笔头吧,他的序言也就多是些琐碎话,皆是对当时有关情境有感而发,也确实不是什么思想深刻的论说了。

然而,在《〈五言飞鸟集〉序》和《〈醒世姻缘〉序》中,却可以看到他对于世情人生的看法。前者强调人的心灵与大自然的和谐,他由《五言飞鸟集》作者的诗,联想到泰戈尔的诗说,认为"文字只有在诗人的手里是活的",它可以使人从中看到现实世界与理想世界的本真,看到诗人人格的颜色,"像晚霞在雪地里渲出使人心醉的彩色"。在《〈醒世姻缘〉序》中,徐志摩更是对这部小说的文学价值和社会意义作了深入论述——

其一,这是一个时代的社会写生。他认为《醒世姻缘》"把中下社会的各色人等的骨髓都挑了出来供我们赏鉴",个个人物身上特有的气息,从他们的神情语调、举动意愿中,形象地展现出来。作者的眼光非常冷峻,他看透了人情世故,"任凭笔下写的如何活跃,如何热闹,他自己永远保持一个客观的距离"。从而使小说中的怪象与人生的面目达成了高度的一致。

其二,这是一部有关男女关系——也就是有关婚姻的大书。有关婚姻中的男女纠纷,恶姻缘中的人生悲剧,会促使人不能不思考怎样做"才可以希望增加合式的夫妻与良好的结婚生活"。这事关全社会的和谐与安定,自然是不可小视的大问题。

诚如徐志摩所比喻的:《醒世姻缘》"是一幅大气磅礴一气到底的长江万里图,我们如何能不在欣赏中拜倒"!

总之,徐志摩在文学研究领域的贡献,是不容忽略的。本书所选编的他的文章,或可作为其注脚吧。

陈益民

徐志摩读文学创作

目 录

徐志摩谈文学创作

1

天下本无事

我在《努力》第五十一期上做了一篇杂记,题目是《假诗,坏诗,形似诗》,却不道又引起了一场官司,一面仿吾他们不必说,声势汹汹的预备和我整个儿翻脸,振铎他们不消说也在那里乌烟瘴气的愤恨,为的是我同声嘲笑"雅典主义"以"取媚创造社",这双方并进的攻击,来得凶猛,结果我也只得写了一封长信,一则答复成仿吾君,乘便我也发表联带想起的意见,请大家来研究研究,仇隙是否宜解不宜结;如其要解,是否彼此应得平心静气的。我最看不起吵架的文字,因为吵架的文字最不费劲最容易写,每当吵架的时候,我总觉得口齿特别的捷给,文笔也异常的流利。难怪吵架这样的盛行!晨报的副刊这一时倒颇不寂寞,张君劢的人生观,张竞生的爱情,惹出一天星斗,光怪陆离的只是好看;现在我又来凑趣,也许凑不识趣,重新提起评诗的问题,又要占据副刊不少的地位,我又觉得抱歉,又觉得可笑,所以这篇,虽则是封致仿吾的信,就定名为《天下本无事》!

仿吾兄:

这封信我特别请求你在《创造周报》上公布。

方才一位友人,气急败坏的到我们清静的图书馆里来,拿一张

1

《创造周报》向我手里一塞，口说"坏了坏了，徐志摩变了'Fake man'了！"

我看完了那《通信四则》以后，感想颇不单纯，现在我提起笔来平心静气的写一封复信，盼望你和其余看到这信的诸君，也都能平心静气的看。

我说平心静气，仿佛我心原来不平气原来不静似的，但这又是用字句的随便(世上多少口角只是原因于用字句之随便！)，因为实际上我非但无气，而且有极真的心想来消解在他人心里已经发动的不必有的气哩。如其我感觉到至少的不安，那就为的是你不曾问我的允许，将我给你私人的信随手发表了。固然你是乘着一股嫉伪如仇的义愤，急于"暴露""假人"的真凭实据，再也不顾常情与友谊，但我猜想你看了我这篇说明以后，也许不免觉得作事有时过于操切罢？

在我解释一切以前，我先要来一个小小的引子，请你原谅。骞司德顿(G.K.Chesterton)有一句妙语，他说一个人受过最高教育的凭据，就在他能嘲笑自己，戏弄自己，高兴他自己可笑的作为：这也是心灵健全的证据。最大的亦最可笑的悲剧，就是自信为至高无上的理想人，永远不会走错路，永远不会说错话。是人总是不完全的。最大的诗人可以写出极浅极陋的诗。能够承认自己的缺陷与短处，即使不是人格伟大的标记，至少也证明他内心的生活，决不限于狃狃地悻悻地保障他可怜稀小畏葸的自我。我个人念了几年心理学的成绩，只在感觉到在我"高等教育"所养成神气活现的外形底里，还有不时在密谋猖獗的一个兽性的动物，一个披发的原人，一个顽皮的孩子。上帝知道我们深奥的灵魂里，不更有奇丑的怪物，可怖的陷阱暗室隐藏着！

这段小引是不很切题的；我所急于盼望我自己和他人共有而且富有的，就是一句不易翻出的英国话——A Sense of Humour。万事总得看透一点：人们都是太认真了，结果把应得认真的反而忽略了！

适当的义愤是人类史上许多奇事伟迹的动机，但任性的恚怒，只是产生不必有的扰攘，并且自伤贵体；我们知道世上多少大战变乱灾难，都是起源于人体的生理作用，原因于神经的反射性过强；我们应得咀嚼"文王一怒而天下平"的怒字，不应得纵容自己去学那些 Externally exasperated housewives!!

我的友人多叫我"理想者"，因为我不开口则已，一开口总是与现实的事理既不相冲突也很难符合的。我是去年年底才从欧洲回来的，所以不但政情商情，就连文界艺境的种种经纬脉络，都是很隔膜的；而且就到现在我并不致憾我的隔膜。比如人家说北京是肮脏黑暗，但我在此地整天的只是享乐我的朝采与晚色，友谊与人情：只要你不存心去亲近肮脏黑暗，肮脏黑暗也很不易特地来亲近你的。政治上我似乎听说有什么交通党国民党安福党研究党种种的分别，教育上也似乎听说有南派北派之不同，就连同声高呼光明自由的新文学界里，也似乎听说有什么会与什么社——老实说吧，文学研究会与创造社——的畛畦。我一向只是一体的否认这些党派有注意之价值，但近来我期望最深的文艺界里，不幸也常有情形发现使我不得不认为是可悲的现象——可悲因为是不必有的。

我到最近才知道文学会与创造社是过不去的，创造社与努力报也是不很过得去的。但在我望出来，却不曾看见什么会与什么社与什么

3

报，我所见的只是热心创造新文学新艺术的同志；我既不隶属于此社，也不曾归附于彼会，更不曾充何报的正式主笔。所以我自己极浅薄无聊的作品之投赠，只问其所投之出版物宗旨之纯否与真否，而不计较其为此会之机关或彼社之代表。我至今还是大声的否认，可耻的卑琐的党派气味，Petty party bias——会得有机会侵入高尚纯粹的艺术家的心灵里。

我如其曾经有过评衡的文字，我决不至于幼稚至于以笼统的个人为单位；评衡的标准，只是所评衡的作品的自身。为的是一个简单的理由。人在行为上可以做好，也可以做坏；作者的作品也可以有时比较的好，有时比较的坏。说雪莱的 Deamon of the world 幼稚，并不连带说 Prometheus Unbound 或 The Cenci 是幼稚。说宛次宛士(Wordsworth)大部分的诗是绝对的无聊，并不妨害宛次宛士是我们最大诗人之一的评价。仿吾兄，你自己也是位评衡家，而且我觉得你是比较的见过文艺界的世面来的，我就不懂你如何会做出那样离奇的搭题——怎么，我评了一首诗的字句之不妥，你就下相差不可衡量的时空的断语，说我全在"污辱沫若的人格"，真是旧戏台上所谓"这是那里说起呀"！

你是没有看懂我那篇杂记的意思。我前面说过我如其有评衡文字发表——我不自信曾有正式评衡发表过——我的标准，决不逾越所评衡的对象之范围。我那篇文字里所评的是悬拟的坏诗与假诗，至于我很不幸的引用那"泪浪滔滔……"固然因为作文时偶然记到——我并不曾翻按原作——其次也许不自觉的有意难为沫若那一段诗，隐示就是在新诗人里我看来最有成绩的尚且不免有笔懈的时候，留下不当颂扬的标样，此外更是可想而知了。仿吾，平心说，你我下笔评衡的时候若然要引证来解释一条原则，我们是否应该向比较有声望的作品里去

4

寻访,还是向无奇不有的报纸与杂志上去随意乱引呢?

不过有一点我到此刻想起应得乘便声明的。我回想那篇杂记通篇只是泛论,引文却就只"泪浪滔滔……"那四字,而且又回反重复自得其乐的把那四字 Reductio ad absurdum,我倒觉得我也不能过分,深怪你竟以为我有意与沫若"抬杠"。我很盼望沫若兄的气没有仿吾这样标类的(typical)湖南人那样急法,但如其他也不幸的下了主观的断语,怀疑我有意挑拨,我只有深深的道歉。还有由假诗而牵涉到假人,更是令我失笑的大搭题。我绝对的不曾那样的存心。

我自信我的天性,不是爱衅寻仇的,我最厌恶笼统的对人的攻击。但为维持文艺的正谊的尊严起见——如其我可以妄想有万一的这样资格与能力——我老实说我非但不怕得罪人,而且决不踌躇称扬,甚至于崇拜真好的作品。比如每次有人问我新诗里谁的最要得,我未有不首推郭沫若的,同时我也不隐讳他初期尝试作品之不足为法。我那天路过上海由达夫会到你们创造社诸君,同时也由瞿菊农的介绍,初识《小说月报》的诸编辑。我当时只觉得你们都是诚心为新文艺的个人,你就一斧劈开我的脑子,你也寻不出此会彼社的印象来! 后来我到京与菊农谈起,都觉得两面争吵之无谓,胡适之说的彼此同是一家弟兄,何必闹意气,老实说你若然悬一个理想的文艺的标准,来绳按现有的作品,不问是什么书局或是什么会社的出版物,至多也无非彼善于此,百步与五十步之间。我们应得悉心侦候与培养的是纯正的萌芽,应得引人注意的只是新辟的纯正的路径;反之,应得爬梳与暴露的只是杂芜与作伪。我们的对象,只是艺术,我们若然决心为艺术牺牲,那里还有心意与工夫来从事无谓的纠缠,纵容嫉忌鄙陋崛强等等应受铲灭的根性,盲干损人不利己的勾当,耗费可宝的脑力与文才,学舌老妈子

5

与洋车夫的诮骂。

艺术只是同情！评衡只是发现。发现就是创造之一式，是无上的快乐。百年前爱丁堡评论(Edinburgh Review)的主笔骂死了开次(Keats)的人，却骂不死开次的诗。所有大评衡家——圣伯符，裴德，高柳列其——不朽的声誉，都是建筑于发现与赞美之上，不是从破坏刻薄的事业得来的。固然有时有排斥抉剔的必要，但总是消极的作用，用意无非在衬出真的与纯的。评衡是赞美的美术，是创造的；是扩大同情心，不是发泄一己的意气。

这一段话与我们"假人假诗"的打架，似乎并不相关，但我满腔只是理不清的悲绪，我其实想借这个机会凭我一己有限的爱艺术与爱友谊的热心，感动所有未能解除意气或竟沾染党同伐异的陋习却一样的有大热的心来建造新文化的诸君，此后彼此严自审验，有过共认共谅，有功共标其赏，消除成见的暴戾与专愎，在真文艺精神的温热里互感彼此心灵之密切。那岂不是一件痛快的大事？

> 真的，随你什么社什么会也分不开彼此共同表现的现代精神。对抗这新精神的真仇敌多著哩，我们何苦不协力来防御我们辛苦得来的新领土，何苦不协力来抵抗与扫平隐伏在我们周围的疑忌与侵凌！精神的兄弟是分不了家的！

最后我还要声明一句，我说的话我句句都认账的。我恭维沫若的话，是我说的。我批评"泪浪滔滔"这一类诗的疏忽，是我说的。我笑话"雅典主义"与"手势戏"，是我说的。但我恭维沫若的人，并不防止我批评沫若的诗；我只当沫若和旁人一样，是人，不是神圣不可侵犯的。我说"泪浪滔滔"这类句法不是可做榜样的,并不妨害我承认沫若在新文学里最有建树的一个人。我在创造上偶然发表文字,我并不感到对于创造的作品有 Taboo 甚至无条件的崇拜的义务,犹之我在《小说月报》上投稿,并无取销我与创造诸君结识的权利。

我说一首诗是坏是假,随是东洋或西洋的逻辑家也不能引证我有断定那作诗人是坏人或是假人的涵义。(那天我写那篇杂记的时候,也曾想从我自己的作品去寻标本,因为适之也曾经说有人说我的诗有 Affectation 的嫌疑;结果赦免了自己却套上了沫若,实在是偶然的不幸,我现在真觉得负歉,因为人家都是那样的认真。)

我说以血比日以琴比心的可厌,是证明就是新文学也有趋滥调(Mannerism)的危险,并不断定凡是曾经以血比日以心比琴的作者都是作伪的:我自己就以琴喻心过好几次! 其实我指出新诗有假与坏与形似的种类,我并不除外我自己的作品,我很愿意献我自己的丑,但我因为自己不介意,就随意推想旁人也不会怎样的介意——那里知道我就错在这里。

再说我笑"雅典主义"的荒谬,不见得就是取媚创造社,犹之我笑"手势戏",并不表示我对犯错误的作者,有除此以外的蔑视与嘲笑——真是,谁免得了错误,要存心吹求起来,世上既没有完全的作者,更没有无纰的译者! 你们一方面如其以为我骂假诗就是骂创造,所以就是取悦文学研究会,他一方面当然又以我的嘲笑雅典主义等等的信,为骂文学研究会,所以就是取悦创造社。结果作伪一暴露,两面不讨好两面受攻击,——"虚与周旋","放冷箭",什么都发现了! 哈哈! 我到不曾想到也有这样幸福走入党见曲解的重楼复阁之中,多好玩呀!

但我关于自己的表白,是无所谓的,我如其希望什么事,就只前面再三说过的劝各方面平心静气的消仇解隙。槐尔德说的 Where there is no love there is no understanding，你们把"偏忌障"打开看看，同情的本能自然会活动，从前只见丑恶，现在却发现清洁，从前只见卑琐，现在却发现可爱的境界，云雾消翳了，青天和星月的光明，当然会照露的。说了半天，我还是个顽固不化的"理想者"，我确信世上没有不可消解的嫌隙，我话也完了，请你们鉴谅我一番的至意。

六月七日

载北京《晨报副刊》1923 年 6 月 10 日

再来跑一趟野马

伏园：

　　方才我看了《东方杂志》上译的惠尔思那篇世界十大名著，忽然想起了年前你寄给我那封青年应读书十部的征信，现在趁机会答复你吧。我却不愿意充前辈板着教书匠的脸沉着口音吩咐青年们说这部书应得读的，那部书不应得念的；认真的说，我们一辈子读进去的书能有几部，且不说整部的书，这一辈子真读懂了的书能有几行——真能读懂了几行书，我们在这地面上短短的几十年时光也就尽够受用不是？贵国人是爱博学的，所以恭维读书人不是说他是两脚书柜子，就说他读完了万卷书——只要多就可以吓人，实在你来不及读，书架上多摆几本也好，有许多人走进屋子看见书多就起敬，我从前脑筋也曾简单过来，现在学坏了，上当的机会也递减了。

　　我并不是完全看不起数量、面积、普及教育、平民主义等等；"看不起什么"是一种奢侈品，您得有相当的身份，我哪配？但同时我有我的癖气，单是多，单是"横阔"，单是"竖大"，是不容易吓倒我的。譬如有人对我说某人学问真不错，他念了至少有二千本书——我只当没有听见。第二个朋友对我说某人的经历真不少，他环游地球好几回，什么地方都到过——我只当没有听见。第三个朋友报告我某人的交游真广，那一个不是他的好友——我只当没有听见。反过来说：假如我听说某人真爱柏拉图的《共和》，他老是念不厌；或是某人真爱某城子某山某水，那里的一草一木一花一鸟一间屋子一条街道都像是他自己的家里人似的；或是某人真懂得某人，全世界骂他是贼，他一个人说他是圣人；——这一说我就听见，我就懂得了。到过英国的谁没有逛过大英博物院——可是先生您发见了个什么；您也去过国王油画馆不是，您看中了那几幅画？近几年我们派出去的考查团很多，在伦敦纽约的街道上常见有一群背后拖着燕子尾巴的黄脸绅士施施地走着路，像一群初放出笼的扁嘴鸭子，他们照例到什么地方一定得游玩名胜的——很好，很好，不错，不错，真不错，纽约的高楼有五十七，唔，五十八层，自由神像的脑袋里都爬得进去，我们全到过，全看过，真好。你如其不知趣再要往下问时，他们就到他们的抽屉里去找他们的报告书给你看，有图有表顶整齐的报告书，这里面多的是材料。真细心的调查，不错，维也纳的强迫教育比柏林的强迫教育差百分之四零二，孟骞斯德比利物浦多五十三个纱厂十五个铁厂；不错不错，我们是调查教育的，我们是调查实业的，不错不错，下回你到外国去，我有朋友介绍给你。

念书也有这种情形。现代的看书更是这个问题了。从前的书是手印手装手钉的；出书不容易，得书不容易，看书人也就不肯随便看过；现在不同了，书也是机器造的，一分钟可以印几千，一年出的书可以拿万来计数，还只嫌出版界迟钝，著作界沉闷哪！这来您看我们念书的人可不着了大忙？眼睛还只是一双，脑筋还只是一副，同时这世界加快了几十倍，事情加多了几十倍，我们除了"混"还有什么办法！

再说念书也是一种冒险。什么是冒险，除了凭你自己的力量与胆量到不曾去过的地方去找出一个新境界来？真爱探险真敢冒险的朋友们永远不去请教向导；他们用不着；好奇的精神便是他们的指南。念书要先生就比如游历请向导；稳当是稳当了，意味可也就平淡了。结果先生愈有良心，向导愈尽责任，你得好处的机会愈少。小孩子瞒着大人偷出去爬树，就使闪破了皮直流血，他不但不嚷痛哭，倒反得意的；要是在大人跟前吃了一点子小亏，他就不肯随便过去，不嚷出一只大苹果来就得三块牛奶糖去补他的亏。这自走路自跌跤就不怨，是一个教育学的大原则。我妈时常调着我说，你看某人的家庭不是顶好的，他们又何尝是新式！某家的夫妇当初还不是自相情愿的，现在糟得不成话。谁说新式一定好老式一定坏？我就不信！我就说：妈呀，你懂事，你给我打譬如：年轻人恨的不是栽筋斗，他恨的是人家做好了筋斗叫他栽。让他自己做筋斗栽去，栽断了颈根他也没话说！

婚姻是大事情，读书也是大事情。要我充老前辈定下一大幅体面的书目盼咐后辈去念，我就怕年轻人回头骂我不该做成了筋斗叫他去栽。介绍——谈何容易！介绍一个朋友，介绍一部书，介绍一件喜事——一样的负责任，一样的不容易讨好；比较的做媒老爷的责任还算是顶轻的。老太爷替你定了亲，要你结婚，你不愿意，不错。难道前辈替你定下了书，你就愿意看了吗？

就说惠尔思先生吧。他的学问，他的见解，不是比我们高明了万倍。他也应了《京报》记者的征信，替我们选了十部名著，当然你信仰我还不如你信仰他；可是你来照他的话试试去。他的书单上第一第二就是《新旧约》书，第三种就是我们自己家有的《大学》，第四是回回的《可兰经》……得了，得了，那我早知道，那是经书教书，与我们青年人有什么相干！您看，惠尔思的书单还不曾开全早就叫你一句话踢跑了。不，就使

11

你真有耐心赶快去买《保罗书》、《可兰经》、《中庸》、《大学》来念时,要不了十五二十分钟你不打哈欠不皱眉头才怪哪!

不,这事情真的没有那么容易。青年人所要的是一种"开窍"的工夫;我们做先生的是好比拿着钻子锤子替他们"混沌"的天真开窍来了。有了窍,灵性才能外现,有了窍,才能看、才能听、才能呼吸、才能闻香臭辨味道。"爱窍"不通,比如说,那能懂得生命?"美窍"不通,那能懂得艺术?"知识窍"不通,那能认识真理?"灵窍"不通,那会想望上帝?不成,这话愈说愈远愈不可收拾了!得想法说回来才好。记得我应得说的是那十部书是青年人应该读的。我想起了胡适之博士定下的那十本书目,我也曾大胆看过一遍。惭愧!十本书里至少有九本是我不认识它的。碰巧那天我在他那里,他问我定的好不好;我吞了一口唾液,点点头说不错。唔,不错! 我是顶佩服胡先生的,关于别的事我也很听他话的,但如其他要我照他定的书目用功,那就叫我生吞铁弹了!

所以我懂得,诱人读书是一件功德——但就这诱字难,孔夫子不可及就为他会循循地诱人进径;他决不叫人直着嗓子吞铁弹,你信不信?我喜欢柏拉图,因为他从没有替我定过书目,我恨美国的大学教授,因为他们开口是参考闭口是书。

Up! Up! My friend, and clear your books;

Why all this toil and trouble?

......

Books! It's a dull and endless strife.

这是我的先生的话! 你瞧,你的那儿比得上我的! 顶好是不必读书——

Come hear the woodland linnet.

How sweet his music! Oh my life.

There's more of wisdom in it.

可是留神，这不读书的受教育比读书难；明知画不成老虎你就不用画老虎；能画成狗也就不坏，最怕是你想画老虎偏像狗，存心画狗又不像狗了。上策总是做不到的；下去你就逃不了书；其实读书也不坏，就要你不靠傍先生；你要做探险家就不要向导；这是中策。但中策也往往是难的，听你的下策吧。我又得打比喻。学生比如一条牛(不要生气，这是比喻)，先生是牧童哥。牧童哥知道草地在那里，山边的草青，还是河边的草肥——牛，不知道。最知趣的牧童就会牵了他的朋友到草青草肥的田里去，这一"领到"，他的事情就完了，他尽可以舒舒服服的选一个阴凉的树荫下做好梦去，或是坐在一块石头上掏出芦笛来吹他的《梅花三弄》。我们只能羡慕他的清福。至于他的朋友的口味，他爱咬什么，凤尾草还是团边草，夹金钱花的青草还是夹狗尾巴的莠草，等等，他就管不着，也不用管。就使牛先生大嚼时有牛虻来麻烦他的后部，也自有他的小尾巴照拂，再不劳牧童哥费心。

这比喻尽够条畅了不是？再往下说就是废话了。其实伏园，你这次征求的意思当作探问各家书呆子读书的口味倒是很有趣的，至于于青年人实际的念书我怕这忙帮不了多少；为的是各家的口味一定不同，宁波人喜欢打翻酱缸不怕口蒿，贵州人是很少知道盐味的，苏州人爱吃醋，杭州人爱吃臭，湖南人吃生辣椒，山东人咬大蒜，这一来你看多难，叫一大群张着大口想尝异味的青年朋友跟谁去"试他一试"去？

话又得说回来，肯看书终究是应得奖励的。就说口味吧！你跟湖南人学会吃辣椒,跟山东人学会吃大蒜,都没有什么,只要你吞得下,消得了;真不合式时你一口吐了去漱漱口也就完事不是?就是一句话得记在心里:舌头是你自己的,肚子也是你自己的,点菜有时不妨让人,尝味辨味是不能替代的;你的口味还得你自己去发现(比如胡先生说《九命奇冤》是一部名著你就跟着说《九命奇冤》是一部名著,其实你自己并不曾看出他名在那里,那我就得怪你),不要借人家的口味来充你自己的口味,自骗自决不是一条通道。

我不是个书虫;我也不十分信得过我自己的口味;竟许我并不曾发现我自己真的口味;但我却自喜我从来不曾上过先生的当,我宁可在黑弄里仰着头瞎摸,不肯拿鼻孔去凑人穴的铁钩。你们有看得起我愿意学我的,学这一点就够了。趁高兴我也把我生平受益(应作受感)最深的书开出来给你们看看,不知道有没有十部——

《庄子》(十四五篇)

《史记》(小半部)

道施妥奄夫斯基的《罪与罚》

汤麦司哈代的 Jude the Obscure

尼采的 Birth of Tragedy

柏拉图的《共和国》

卢骚的《忏悔录》

华尔德裴德(Walter Pater)Renaissance

葛德《浮士德》的前部

George Henry Lewes 的《葛德评传》

够了。

载北京《京报副刊》1925 年 2 月 16 日

关于《一个不很重要的回想》的讨论

第四十一期《努力》登了那篇《一个不很重要的回想》，现在我想从适之的意思改名为《春痕》，以后我曾经接到一封极有意味批评的信。我现在把原信的见解节述如下：

那故事前三节描写青年的意境很好，但第四节"桃花李花处处花"写得其实是太难了。但作者却是个诚实的男子。诚实的意思不在刻划变态的春痕，而在泄露一般男子的本性！男子所要的无非是青年与美貌，但人间世的惨剧，正在青年与美貌非但没有永性而且过去得很快。男子只知道享用女子暂时的迷力，好比在戏园中看戏，明知道戏是假的并且一扯即过的，但在当时却看得十分的得意忘情。

那小说里的主人公逸，一见变了形的春痕，便发生了不可名状的十二分厌恶，我倒很觉得好奇，假如当年他自己娶了她，因之她从可爱的少女变形为"臃肿卷曲的中年妇人"，变形为左男右女粗头乱服的母亲，以及小孩们的顽皮笑闹，都成为他自己整天到晚目睹的怪现状，我不知道他又怎样的感想，怎样的厌恶呢。

徐志摩谈文学创作

反之，若然他早年就回去，正看到娇艳的春痕结婚，跟着她丈夫度蜜甜的蜜月去，我猜想他一定觉得十二分的伤心妒意，只怨天不做美，命不凑巧，把他的恋爱，他的幸福，他的希望，他的一切，一起夺尽——作者以为是否？我知道男子们正是那个样子!!!

所以我以为那篇的结局，不如作为那主人公隔了二十年再回日本，遇见她的女儿正当妙年，告诉他她母亲之死，使他想起当年的艳迹，也许他还会得滴几滴真情之泪哩! 即不然，他也免得像原文里那样感受幻灭的痛苦，引起无端的厌恶!!

男子们啊! 真有你们的!!!

多么厉害的弹劾案呀!这位 Chivalrous Feminist 的舌剑，这位厌男主义者的义愤，实在强迫着不幸的作者，使他不得不代表男子们出席来一个简单的答覆。我先把应答覆之点说明白了。那篇小说里引起或包涵的问题有:(一)永久性是否恋爱的必要条件;若然，非永久性的爱感，是否便不算真恋爱?(二)恋爱与色相的关系，两者是否平行的,因色方起恋，色弛恋即衰? (三)为恋爱而恋爱是不是不合人情的? (四)易变 Fickleness 是否为男子的通性。

这几个问题都很有趣，很可以研究，但我此时却只能把问题提出而不能发挥。

现在我所能说明的，就只那篇文字本身的意义并非像我那位义愤填胸的朋友所假定，是单纯的厌世观;非但不是厌世观，而且还有很积极的意思包涵着。你若然仅仅看出厌世观，你实在只见其表而不知其里，并且作者也何至于那样的"浅薄无聊"。

那里子便是一个人道的抗议，所抗的对象，便是世俗的习惯，便是

16

世俗的做妻做母负担之惨酷。

　　初期的春痕,是个纯粹的美的自然之产物,像一朵含苞待放的花,所接受的只是阳光与雨露。但——注意!——后期的春痕,却是做了十年妻母后的春痕,却是个完全物质化,环境化,俗化,人为的产物。她那庸俗的丈夫与庸俗的家庭——文中表得很明白——便是她自美变丑之负责者。固然从另一观点看来,一个女子嫁了人,只要能忠顺地伺候丈夫,殷切地产育子女,奴役似地看管家务,上帝创造夏娃的本旨已经完全达到;她自身对家庭社会的责任也就十分尽了,并没有什么可怜的地方,良妻贤母,的确是一般女子的理想标准。并且大多数的女子,恐怕也只会做妻做母,只会依着本能朦瞳地过活,而不能以智力之自觉为起点,以发展她性灵上可能的真纯人格,只能在单凭制度个性湮灭的社会里做一个无所谓的分子,而不能做一个活泼的创造的自然界的一个原素。萧伯纳说:"生命中真纯的悲惨在于被只知自利的人(或一盲目的制度)所利用,所为又是你明知是不高尚的目的,那是真苦恼,真奴辱,阳间的地狱。反之生命真纯的快乐在于为一目的而生存,在于为你自认为强有力的目的而生存,在于将生命的能力充分使用,用到筋疲力绝,然后再让这皮囊扔进垃圾桶里。"

　　所以,现在回到本题,春痕有那样天赋的才(丽质就是天才之一式)而也无罪地被打入机器性质的做妻做母的牢狱,结果不但原有性灵之美,就是当初可爱的声音笑貌,也被这惨酷的牢狱生活所耗尽。庸俗的非人道的社会之手,当然只能丑变低化本来的美质,那里能像无锡做泥菩萨匠的,从泥土里捏出可爱的灵动的人物来。所以第四节里有那句沉痛的话:

　　"十年来做妻做母负担的专制,早已将她原有的浪漫根性,灭除

17

尽净。"

那是厌世观，还是人道的呼声，我想明白的读者当然看得出。

所以从逸——浪漫的恋爱者——看出来，春痕的变形，只是个不可信的幻象。他十年后逢到左男右女的三井夫人，并不是十年前活泼可爱、引起他恋感的春痕。粗俗的环境化的，他不能承认就是纯美的自然的产物之化身。他是个理想主义者，现实里无常的变幻他只绝对否认其为真，他的理想是"……恋爱是长生的；因为精神的现象决不受物质法律的支配；是的，精神的事实，是永久不可毁灭的"。在他的心里，三井夫人自三井夫人，春痕自春痕，两个永远混不到一起；所以临了"他的心中，依旧涵葆着春痕当年可爱的影像"。

所以我现在回答我那批评者的话，是：(一)不要把那段故事看作单纯的厌世观；(二)不要因为一般男子的只见色相，而断定那就是所有的男子的通性；(三)不要以为恋感之往往起端于色相，而断定恋之存在完全凭藉色相的幻象；(四) 不要以为一切的男子都像三井夫人的丈夫庸俗与可厌，逸若然娶了她——假定他是个理想的恋爱者——春痕就不会变形为可怜的三井夫人；(五)作者正是极端同情于女子的人权，而并非刻划了一个三井夫人来嘲讽色相之不足恃；(六) 来信另一写法的主张，固然很好，但包涵的意义也就大异了。我很感谢来信批评的诚意，并愿知道其余读者的感想与意见。

三月十五日

载北京《努力周报》第 45 期(1923 年 3 月 25 日)

从小说讲到大事

初刊时的按语：本来这一段应该附在下面这篇译文后背的，但在我没有写完的时候，我已经决定不仅把它放在译文的前面，并且还当作本期的正文。

我最厌怕翻译，尤其是小说，但这篇短篇也不知怎的竟像它自己逼着我把它翻了出来。原文载在 London Mercury 的九月号。我想有几层理由为什么我要翻这篇给你们看，第一这篇小说本身就写得不坏，紧凑有力；第二它的背景是我的新宠翡冷翠，文里的河，街道，走廊，钟塔，桥，都是我几月前早晚留恋过来的；第三这小说里顺便点出的早几年意大利的政情于我们现在的政情狠可比较，有心人可以在这里得到历史的教训。单说这末了一点。小说里的玛利亚不仅是代表人的意志的贞，品格的洁，与灵魂的勇敢，她也代表，我们可以说，意大利或是任何大民族不死的国魂。正如一条大河，风暴时翻着浪，支流会合处湍急，上源暴发时汹涌，阳光照着时闪金，阴云盖着时惨黑，任凭天时怎样的转变，河水还是河水，它的性是不变的，也许经受了风雨以后河身更展宽一些，容量更扩大一些，力量更加厚一些；同样的一个民族在它的沿革里自然的发展了它的个性，任凭经受多少次政治的，甚至于广义的文化的革命,只要它受得住,河道似的不至泛滥不至旁窜改向,他那性还是不变,不但不变,并且表面的扰动归根都是本原的滋补。真的一个个人的灵性里要没有,比象的说,几座火烧焦的残破的甚至完全倒塌的雷峰古塔,他就使有灵性也只是平庸的,没趣味的,浅薄的;民族也是的,在那一个当得住时间破坏力的民族的灵魂里,就比在它的躯壳里,不是栉比的排列着伟大的古迹?一个人的意志力与思想力不是偶然的事情:远一点说,有他的种与族的遗传的来源;近一点说,有他自己一生的经验。造成人格的不是安逸的生活与安逸的环境,是深入骨髓的苦恼,是惨酷的艰难;造成国民性或国魂的是革命。在这里我们可以看出在分明破坏性的事实里,往往涵有真建设的意义。在平常的时候,国民性比较浅薄甚至可厌或可笑的部分,可以在这民族个人里看出;到了非常的时候,它的伟大的不灭的部分在少数或是甚至一二人的人格里要求最集中最不可错误的表现。我们是儒教国,这是逃不了的事实。儒教给我们的品性里有永远可珍的两点,一是知耻,一是有节,两样是连着来的。极端是往往碰头的,因此在一个最无耻的时代里往往挺生出一个两个最知耻的个人,例如宋末有文天祥,明末有黄梨洲一流人。在他们几位先贤,不比当代我们还看得见的那一群遗老与新少,忠君爱国一类的概念脱卸了肤浅的字面的意义,却取得了一种永久的象征的意义,他们拼死保守的不是几套烂墨卷,不是几句口头禅,他们是为他们的民族争人格,争"人之所以为人",在这块古旧的碑上刻着历代义烈的名字,渍着他们的血,在他们性灵的不朽里呼吸着民族更大的性灵。玛利亚,一个做手工的贱女,在这篇小说里说:"但是我还是照旧戴上我的小国旗,缝在我衣上的,就使因此他们杀了我也是甘心的。"我们可以想像当初文天祥说同样的一句话,我们可以想像当初黄梨洲说同样的一句话。现在呢？我们离着黄梨洲的时代快三百年了；并且非常的时候又在我们的头上盖下来了。儒教的珍品——耻，节——到那里去了？我们张着眼看看，我们可以寻到一百万个大篓子装得满的懦弱，或是三千部箱车运不完的卑鄙，但是我们却不易寻到指头上捻得出或是鼻观里闻得出的一点子勇敢，一点子耻心，一点子节！在王府井大街上一晚有一百多的同胞跟在两个行凶的美国兵背后联声喊打，却没有一个敢走近他们，别提动手；这事实里另有一个"幽默"现代评论的记者不曾看出来的，就是我们中国人特有的一种聪明——他们想把惉怯合起来，做成他一个勇敢！而且你们可以相信，这种现象不仅是在王府井大街上看得到！倒好像拼拢一群灰色的耗子来可以变一个猫，或是聚集一百万的虮子可以变一只老虎！玛利亚只靠了她自己不大明白的一个理想；"我是爱我的国。"她说。究竟为什么爱，她也不定说得分明，她只觉得这样是对的。是对的！这是力量，这是力量。在这一个小小想像事实的跟前，莫索里尼失去了他的威风，拿破仑的史迹没有了重量：这是人类不灭性本体的表现。多可爱呀这单纯的信仰！多可亲呀这精神的勇敢！

我们离着意大利有万千里路程，你们也许从没有见过一个意大利人；他们近年来国运的转变，战前战后人民遭受的苦痛，我们只看作与长安街上的落叶一般的不关紧要。但在玛利亚口音里，只要你有相当的想像力，你可以听出意大利民族的声音；岂止，人类不灭性在非常的时节最集中最不可错误的声音。我们应当在这里面发现我们自己应有的声音，现在叫重浊的物质生活生生的压在里面，但这时代的紧急正在急迫的要求它再来一次的吐露。我们还可以在那位奇奥基太太的描写里找着我们自己怪寒伧的小影："她自己逼窄的舒服的生活，新近为

徐志摩谈文学创作

了共产党到处的闹也感觉不安稳与难过，这一比下来显得卑鄙而且庸劣了。"我们每天上街去，也与奇太太一样聪明，就拣一件"顶克己的衣服穿上为的是要避免人家的注目"。玛利亚有胆量"戴着她信仰的徽章昂昂的上街去走———一个十字架，一块国旗"；你自己查考查考你每天戴着上街去的是什么徽章——国务院的？宪法起草会的？还是懦弱与苟且的徽章？这次我碰着不少体面人，有开厂的，有办报的，有开交易所的，他们一听见我批评共产，他们就拍手叫好，说这班人真该死，真该打，成心胡闹，不把他们赶快打下去这还成什么世界？唔！好让你们坐汽车的坐汽车，发横财的发横财，娶小老婆的娶小老婆！在他们看来，正如小说里的奇太太看来，"那班人只是野畜生的啃断了铁链乱咬人来了"。单只从为给这班人当头一个教训看法，什么形式的捣乱在上帝跟前都取得了许可。他们那颟顸的漆黑的心窝里从没有过一丝思想的光亮，他们每晚只是从自私的里床翻身到自利的外床，再从自利的外床翻回到自私的里床！同时这时代是真的危险，所有想像得到与想像不到的灾殃都像烘干了的爆竹似的在庭心里放着，只要一根火纸就够着了。灾难，危险，你们想躲吗？躲是躲不了的；灾难，危险，是要你去挡的，是要你去抗的，是要你伸手去擒的；你擒不住它，它就带住了你。只有单纯的信仰可以给我们勇敢。只有单纯的理想可以给我们力量。"他们是对的，要不然他们就是错的。"奇太太受了玛利亚的感动第一次坚决的这样想。我们在没有玛利亚这样人格摇醒我们的神志以前，我们至少得凭常识的帮助，认清眼前的事物，澈底的想它一个澈底。这"敢想"是灵性的勇敢的进门；敢反着你自以为见解的见解想，是思想的勇敢的初步。在你不能认真想的时候你做人还不够资格；在你还不能得到你自己思想的透彻时你的思想不但没有力量并且没有重量；在你不能在你思想的底里发现单纯的信心时勇敢的事业还不是你的分;——等到你发见了一个理想在你心身的后背作无形的动力时，你不向前也得向前,不搏斗也得搏斗,到那时候事实上的胜利与失败倒反失却了任何的重要,就只那一点灵性的勇敢永远不灭的留着,像是天上的明星。

　　玛利亚只是个极寻常的女子;她没有受过高深的教育,她只是个工女;但一个单纯理想的灵感就使她的声音超越的代表意大利民族的声音,高傲的,清越的,不可错误的。莫索利尼法西士的成功,不是因为他有兵力,不是因为法西士主义本体有什么优殊,也不完全因为他个人非常的人格;归根说成功的政治家多少只是个投机事业家。他就是一个。我们不必到马契亚梵立(Machiaveli)的政论里去探讨法西士主义的远源,不必问海格尔或是尼采或是甚至马志尼的学说里去垦寻"神异的"莫索里尼的先路;他的成功的整个的秘密,我们可以说,我们可以在这想像的工女玛利亚的声音里会悟到。你们要知道大战后几年在意大利共产与反共产的斗争不只是偶尔的爆发,报纸上的宣传,像我们今天在中国开始经常的;至少在那边东北部几个大城子里这斗争简直把街坊画成了对垒的战壕, 把父子兄弟朋友逼成了扼咽喉的死仇——这情形我怕我们不久也见得着,虽则我们中国人的根性似乎比西方人多少缓和些(但这有时是我们的贼不是我们的德)。其实你只要此刻亲自到广东去就可以知道人类烈情压住理智时的可怖——就是在政治上。但这极端性,我说,正是西方人的特色,这来两方搏斗的目标就分明的揭出,绝对的不混,不含糊——不比我们贵国的打仗,姑且不问他们打仗的平时究竟有没有主义在心头,并且即使在他们昌言有的时候你还是一分钟都不能相信说红的的确是红, 说青的的确是青。因此我们多打一回仗,只是加深一层糊涂,越打越糟,越打越不分明。

这正是针对着那一班人，无忌惮的只知私利，无忌惮的利用一切，我们应得耸起了耳朵倾听玛利亚的声音。她说——

    我是一个意大利人，我傲气我是一个意大利人，傲气做一个有过几千年文化民族的一个。为什么要我恨我自己的国，为什么要我恨比我运气好，比我聪明，或是比我能干的街坊，为什么我得这样做，就因为一班无知识的告诉我这样做，他们自己可怜吃苦受难的上了人家的当走上了迷路，其实那真在背后出主意的既没有吃过苦也没有遭过难吧！……

    还有一班专赶热闹的在红色得意的日子就每晚穿上"红绸子衣服戴着大红花上共产党跳舞会去跳舞"，回头红色叫黑色打倒了的时候他们的办法还是一样的简单，他们就来欣欣的"剥下了烈焰似的红衣换上了黑绸的衬衫"！他们会有一天"认真"吗？

    所以玛利亚与她无形的理想站在一边；在她对面的是叫苦难逼得没路走同时叫人煽惑了趋向暴烈的无辜平民与他们的愚暗，躲在背后主使捣乱的一群与他们的奸与毒，两旁一面爬在地下的是奇太太代表的一流人物，在苟且中鬼混，一样的只知私利；一面就是那穿上红绸子跳舞剥下红绸子还是跳舞的一群。

    现在时候逼紧了！我们把这幅画记在心里，再来张眼看看在我们中间究竟有没有像玛利亚那样牢牢的抱住她的理想的一个生灵！

十四年十月

载北京《晨报副刊》1925 年 10 月 7 日

近代英文文学

第一讲

我现在要和诸君谈谈"文学的兴趣"。中国人说小说是娱乐的,这是根本错误。我们即使不以文学为职业,也应该养成文学的兴味。人的品格是以书为标准的。读书是一种艺术,看完一遍,一个个字都认识,看过一点也不记得,这不能算是读书。我们读书应当对他有种批评或是见解,这是极不易得的天才,大批评家才是这样;但普通人最低的限度,总应该领略一些,轻视文学是极不应当的态度。每每人们对于科学书就细心去读,文学书以为是消遣的,看过便算,我们当矫正这种习气。西洋方面文学作品很多成了商品化,差不多一个作者一个月可以写一两本书的,这样粗制滥造,自然出不了好货;不过作者如果作得不多,又不易维持生活;所以文学作品好的很少。英国在银行和商店做事的人每过地道电车,总要带一两本小说来看。他们每月可以看好几十本,人家问他记得不记得,他是答不出来的。他们只机械的读去,拿小说来消遣罢了。如果我们真是爱好文艺的,必须费力,方能得着人生的滋养料。

徐志摩谈文学创作

我所看的文学书，有几部在我生命上开了一个新纪元。天赋我们以耳目口鼻，似乎是一切具备了，但那是不清切的存在：有了文学的滋润，便可从这种存在警醒过来。例如，我们和知己的朋友是无话不说的，忽然你有了秘密，便吞吞吐吐的不说出来，后来忍不住终于说了："呀，伊真是一个好女子！"他觉得所恋爱的女子是天仙，所谓"情人眼里出西施"便是，这真是极神秘的事。是他感觉得不对么？不是，当时他所身受是千真万真的。受了强烈的激刺，才有强烈的感觉；心和外界发生了自然的关系，便在这时了。文学与人的感应也正是如此。无论文学作品的哲理怎样深，和生命总是有长时间的恋爱的。(参看我在《创造》杂志作的《艺术与人生》。)

孔子要我们非礼勿视，非礼勿听，非礼勿动；老子要我们浑沌，说是人一凿破便不能生存。中国文学吃了他们的亏不少。因此不能体察实事。想像既不切实在，又不能深入。现在是我们报仇的时候了。非礼勿视一定要视，勿动一定要动。(这自然不行。)我是说只能听视，而不必实做去。

我看文艺看到真处，才知无穷的奥秘。华德屋斯说："花深深的激动我的泪儿了。"文艺既有这样的美妙境界，我们必须先有决心去学。为什么莎翁能够成为大戏剧家，哥德能够成为大诗人，他们著作之力我们不能及其千万分之一？他们就在于他们的同情心的广阔，和自觉心的深挚。天下事千变万化，自然不能一一经历，莎翁剧中人却一个个都是活的，无论苦乐悲欢，都设身处地去描写，即是无知识的草木，也给他灵性，他实是领略了文艺的真境界并且表现出来了。读文学书可以使人的人生观和宇宙观根本变化，所以必须用全副精力去读。

一部文艺著作能成为 Classic 都是时间严格取出来的，他不偏不私，下了一个极苛的批评，到后来才渐渐从灰堆里发出宝光。但 Public(少数的热爱者如宾那脱)却要从已发现的美里再去求别人所没有发现过的。

西洋书局有 Professional Reader 专看外来投稿。剑桥大学和牛津大学标准较高。乔治梅吕笛斯和爱德华德加奈德 Edward Garnett 都曾担任过这事。一万册中至多可寻出几册来。大半的看题目便弃掉，或者看一二句不通便不用。后来一千本中有十本决定要看的，这便不能不细看，后又看看三本不好，便留下七本，又看一遍。经过这两次的阅读后，便要停几天再看，到那时看看脑中还有印象没有，如果没有，一定稿子不好；因为稿子看过两次，都记不住，稿子的不能用也就可以知道了。这样淘汰下来，所剩的不过沧海一粟罢了。萧伯纳以前的稿子亦曾被弃过。返视中国的文坛，以不知为知的不知多少，真可慨叹。最低限度也应该对那篇作品有"了解"才行呢。中国文艺出版界实在也太滥了。

第二讲

读书当能同化，我们看一首诗或是一幅画可以激起我们的同情心。大著作是百读不厌的；我们读过后，必有相当的报酬给与我们。曹拉乃自然派鼻祖，他的作品过于写实，极为精致，极有天才，惜为主义所毁。所以人人多不愿意看第二遍。真名作要用想象力，方更有趣味。用想象力一来可以发出原有的现象力，二来也可以从作品里增加自己的想象力。这样，著者丰富的经验，我们便都可得到。我们读小说和诗时每每同化于里面的人物，例如读《红楼梦》便自以为是宝二爷，读《三国志》便自以为是张飞等。文学作品不仅能使我们同化，他是逼迫着我们不得不同化，也就是自然而然的同化。

现在我再总起来说一说：

一，文学不仅是娱乐，他是实现生命的。

二，文学的真价我们必要知道，要养成嗜好的性情，和评判的能力。

三，读书时应用想象力。

四，最深奥的文学境地，我们必须冒险旅行一次。

我们还不能忽略从前人伟大的名作。近代的作品为应潮流固当研究，以前的文学作品也不可不读，因为他是文艺的源泉。

要读西洋的文学作品，若不知道他们的种种风俗习惯和制度，必不易明了。所以在这一点上我要略略的说一些：

一，女子的地位和恋爱的观念。

二，社会上的道德观念和标准。

三，中古时代的制度以及因此发生的风俗和习惯。

四，希腊和拉丁神话中的故事。

五，宗教。

六，艺术的起源和发展。

英国小泉八云在日本帝国大学教授时对于此点极为尽力。他为日本人没有到过英国的设想，将英国的著作择重要的加以解释，作有《文学的解释》一书，分两卷，又选本《书与习惯》。

妇女在西方有宗教的背景，因为圣母是女子，所以很尊崇女性。倘若西洋文学里抽出女性，他们的文学作品便要破产了。翻开他们的诗一看，差不多十首总有九首是抒情诗。只有华德屋斯没有性的表现，这是特别的例外。司梯芬生的作品里女子为主要人物的也没有。他们尊重女性有一个故事可以看出：假如一个船里坐了三种人：一个是犹太人，一个是中国人，一个是西洋人。船破将沉时犹太人一定先拿钱，中国人一定先救父母，西洋人一定先救恋人。我在德国听音乐，大都奏的是男女恋爱热烈的情绪。法国女子和英国的不同，英国的，父母每嘱女儿说："你的终身大事，要自己留意。"但在法国却是父母作主，极为顽固，就连订婚后的夫妇都还不能在一起。此外如瑞典、挪威也都是尊重女性的。丁尼生和梅吕笛斯的作品中常常见到对于女性的称颂。恋爱的意义很多，从"性"一直到"精神的恋爱"。Ward 把恋爱分为自然的、浪漫的、夫妇的、亲属的等等。不管它有多少种类，主要的原则，只是两性相吸罢了。

西人诗或小说里大多引用神话。例如：Cupid 是罗马神话里的爱神，后来人便用以寓"爱"。所以神话的解释我们也是应当注意的。

第三讲

关于神话的知识，我们至少应该看两种书：

古希腊及意大利神话，Knightly 作。Theocritus，安德·路兰译。Theocritus 是十三世纪希腊一个很重要的诗人。他是最初写实的。在希希利地方唱牧歌的很多。恋爱的神话，他都采取来作为他的材料。

文学和艺术很有密切的关系。倘若我们不明白英国的艺术——如雕刻、绘画、建筑、音乐等——我们对于他们的文学也必感到了解的困难，尤其是象征派的作品。

研究西洋文学非研究莎士比亚不可，犹之须读我国屈原和司马迁的东西是一样的道理。我愿你们有勇气到莎氏宝库里去探寻一番。(当然不是指的 Lamb 的散文。)我知道你们读他的东西一定感到困难,因为不知道他的背景。

《哈孟雷特》的悲剧里,有喜剧的角色,非常莫名其妙。后来我才知道文艺决没有闲笔,那两个掘坟人就是全剧主要的人物。莎翁的戏剧,到处都可以发见"诗的美"。不仅美在表面(如雕刻绘画等),而内在的情绪尤能引起人们无限的同情。

实演布景和扮演者的精神很难恰当。但我们知道一个名作必有他本国的演者,以实现他固有的民族性。德国柏林有一演剧指导员最著名,他教演《哈孟雷特》中"何处是我的父亲?"一句话教到七次,"父亲"一字音特别的重,形容当时绝望的情形,可见排剧的重要和演作的应当审慎了。

第四讲

今天我要讲一讲哥德的《浮士德》。我觉得这是一部极伟大的著作,我们不可以不知道。他二十一岁时便想作这部书。二十五岁时开始作起,全书作完离死只有几天,这部书整整作了有六十个年头。诗难译,有音节的诗尤难译;但我们当取可靠一些的英文译本。《浮士德》的英译本 Haward 最可靠,Swan,Anster,Taylor——Taylor 的只译第一部,全书有两部分。……等译的也很好。诸君若初看长诗,必定要感到困难。但我们只要努力,必定可以有懂的时候。从前日本有一个学生,要在一个德人面前学《浮士德》。那个德人笑他,以为他没有读过德文,一开始便要读《浮士德》,那是不可能的。后来那个日本人气极了,努力了二十年,作了一篇论文,专论《浮士德》,得了很可惊的成绩。我们很可以效法他呢!

《浮士德》的大意是这样的:浮士德博士因为处在人生的现实里,感到烦闷;他就想"上穷碧落下黄泉",一探世界的秘密。于是他将他的灵魂卖给一个鬼,立定合同二十四年,用血签字;二十四年后浮士德的生命即为鬼所有。在这二十四年中他过的都是堕落生活。他要想娶妻,鬼不答应,后来领他看地狱和天堂,他忽然看到希腊海伦公主的魂,穿了一件极美丽的深紫袍,头发闪金色光,披在膝盖上,乌黑的眼珠,圆圆的颈项,樱口,鹅一般白的颈子,玫瑰红的两颊。他为伊的美所惑,想要娶伊。鬼被他缠得没法,终于替他们做了媒。到了合同期满,最末的那一天,夜十二点的时候,大风刮来,有无量数的蛇舞动,又听得浮士德喊救命的声音,后来便无声息。第二天开门一看,浮士德的身体已经被拉得粉碎了。

我们要知道,西洋在中古时代,也是极其迷信的。这篇浮士德是德国很老的一个传说,有二十多人都有野心想写这故事,只有哥德成功。因为他的结果,并非是被魔鬼取去,而是精神救了他。不是肉体的放纵,而是求真理,永远向上,在罪恶世界先受一番训练。

第五讲

宾那脱的《文学的兴趣》上说:"买书愈买得多愈好。"伦敦有条街名叫 Charing Cross Road,里边有好几十家书店,店主有许多是老著作家。那地方的书都是旧书,售价极廉。剑桥大学也有廉价书的一部,管理人是一个犹太人,他的脸色就和书一样。

文学是没有什么系统的。一个作品的本领是完全而且绝对的。

研究文学最好从传记入手,可以神交古人。华德屋斯说:"爱他的作品,就爱他的为人。"我们常有崇拜英雄的心,拿他来当作我[们]理想中的人格。因为他的生命和知识的问题,和我们一样,也就是我们要解决的问题,不过他是经过了的,所以要效法他。歌德伟大的人格,从他的《浮士德》中可以看出,是他心灵的象征,亦即是他人格的表现。他的传记有 G.H.Lewes 作的一本,收入《人民丛书》中。

文学史是很有危险性的东西。有一个文学家说:

"我们只爱那我们所爱看的书便完了,很无须有文学分期的纷扰。"本来以科学的方法来研究文学,是很煞风景的。其实一个人作文章,只是灵感的冲动;他作时决不存一种主义,或是要写一篇浪漫派的文,或是自然派的小说,实在无所谓主义不主义。文学不比穿衣,要讲时髦;文学是没有新旧之分的。他是最高的精神之表现,不受任何时间的束缚,永远常新,只有"个人",无所谓派别。

下面我介绍你们几本书:

Walter Pater——Renaissance

从他起,散文才有艺术化。他的文好像一颗颗的明珠,穿成珠花,金光四闪。这是我个人的圣经。

文学的童话有最深的哲理,不但儿童爱看,大人看也是极有意思的。

《爱俪司漫游奇境记》

《安徒生童话集》

《莎士比亚戏曲集》

《新旧约圣经》

罗希金的著作

Dickinson——《从中国来的信》

笛肯生是中国人最好的朋友,他这本书文字的美得未曾有,一字不多,一字不少,好像涧水活流一样。此人我也认识他。他这本书里盛称中国的文明。

信札也是我们所当宝贵的。诸如考贝、雪利、克芝、司梯芬生的信札都很好。

第六讲

我介绍诸君一些英文文学书,这些书是我所喜爱的。

(A)批评及传记

戈斯——History of English Literature

Critical Kitkats

Dowden——Life of Shelley

这两个人和 Saintsbury 的批评都受了圣皮韦的影响。

Symons 是个印象批评家。

J.M.Murry 是 Athenaeum 的主笔,现自己办一周刊,名 Adelpni,他讲过六次"风格",人均惊讶为得未曾有。

约翰特林瓦透和威廉俄彭——《文学艺术大纲》

Myers——《华茨华斯》

Colvin——《济慈》

Nichol——《摆伦》

(B)戏剧

王尔德——《一个不重要的妇人》

《同名异娶》

萧伯纳——《人与超人》

《华伦夫人之职业》

高尔士华绥——《银盒》

《彼得盘神》

沈琪——Shadows of Glen

The Play Boy of the Western World

The Tinkler's Wedding

(C)诗歌

Golden Treasury

A book of English Verse

(D)小说

哈代是现存作家中最伟大的一个,四十多岁才发表他的著作,真可谓"大器晚成"了。他是悲观的人,诗人兼小说家。他作有一剧,论到拿破仑,凡一百五十幕,称为空前之杰作。我觉得读他一册书比受大学教育四年都要好。

康拉特下笔凝练,愈看愈深。他善于描写海洋生活。

哈代——Wessex Tales

Jude the Obscure

Three Strangers

Life's Little Ironies

Tess of the D'urberville

The Return of the Native

A Pair of Blue Eyes

康拉特——Typhoon

Mirror of the Sea

Betwist Land and Sea Tales

第七讲

麦考莱——《危险时代》

Austen—Emma

Pride and Prejudice

罗曼罗兰——《约翰克里斯多弗》

《米舍郎日传》

《比多芬传》

《托尔斯泰传》

Faquet——On Reading Nietzsche

尼采以为人类总要求社会改善，是由于不满足宇宙和生命的本体和所在的社会以及文化的状况。萧伯纳说：三十岁以下的人看现在的社会，不变成革命党，也要变成劣等人。人的天赋不同，因之对于社会的反动也不同。如哈代便是完全消极的，极其厌世悲观。他问朋友说："倘你未生时，你愿意到人间来么？"他的朋友没有说话，他接着便说："要是我，我一定不来的。"他觉得人和运命奋斗，常常被运命压倒，有小说叙这件事。Owen 是从教育入手的社会主义。雪莱想飞入云端，他的诗是用恋爱的黄金线织成的。摆伦痛骂世界的卑污。曹拉烛照人间的罪恶。萧伯纳是兼写实和嘲讽。

尼采生于一八四四，死于一九〇〇。彼时的英国正是所谓承平时代,厌武修文,工业发达,大享庸福。因之伟大心灵的雪莱、摆伦都被摒国外。尼采觉得全欧没有一些儿活气,全都在睡。他又以为德行便是懦弱,怜悯是妇人之仁,助弱者为恶,这是奴隶的道德。

第八讲

我今天要讲王尔德 Oscar Wilde。

我可以说他是一个殉道者。他愤世嫉俗,乱为而死。我们对于任一个作家,应该用批评的眼光去看,不应该一味盲目的去崇拜。歌德说他一生最怕人家崇拜他一件东西,而这件东西是他所没有的。我想就是王尔德——或竟可说一切作家——也有这样的心理罢。阑珊和 Frank Harris 对于这个作家都有适当的评论。

他一身有两个关键,一个是他父亲把他送到牛津大学,一个是社会把他送进监狱。他受白特尔的影响比罗希金多。但白特尔的生活和王尔德却恰恰相反。前者过的是学者的生活,无妻,只有一个小猫做他的伴侣。而后者却是花花公子,无所不为。王尔德自己也说:"我是要在生命中实现诗的。"所以他的生活便是一部诗集,异常的浪漫。法国苟特 Gautier 爱服装,他也是一样。每每穿着怪服,拿着孔雀翎,招摇过市。他极会说话,一说起来满座春风,没有不愉快的。

他思想的最大的刺激便是入狱这一件事。以一个素来豪放奢侈惯了的少年,一旦铁锁啷啷,两者情形相比,使他感到极大的痛苦。他说他这一入狱,便有了更深一层的觉悟。他的《狱中记》文极流畅,全书差不多是抒情诗的,一个个的字都有雕刻的意味。

第九讲

今天且起始来讲萧伯纳 Bernard Shaw。在研究萧伯纳之前，我们至少要了解一些尼采的思想。尼采可以说是一个预言家，他的"超人"的思想，到萧氏方完全实现出来。萧氏是一个终身主张超人的人。有人说他不是寻常人，是上帝。他现在还生存着，我曾见过他好几次。他的言语很锋锐，谈起话来，直没有你插话的机会。他的声音很沉着，很纯正。他爱穿绿色的服饰，因为爱尔兰的标帜是绿色；形式都是独出心裁，因为他自己便是个艺术家。他不好烟酒。

了解萧氏是很难的，没有身临西方境地的人，真不知他的话是说些什么。他的话多似是而非的颠倒语。他是自己的好批评家。在他的戏剧作品里，每篇剧前都有一个序论，有时序论竟比原剧还长。如果将他的序论都凑在一处，直可以当作一部"政治科学史大纲"看。

在一千八百七十年代，英国戏剧界消沉极了，差不多的作品都是中下级，没有特出的。到一八八九才有易卜生的戏剧输入国内。那时有个演剧家名白茵的，和萧伯纳是好友。白茵正急的要选择一个优美的剧本，萧氏便替他作了一篇《寡妇之室》，一八九四年他又出了《不快意的戏剧》三卷，英国戏剧界方才大放光彩。

萧伯纳反抗浪漫派。他的作品虽有人说他有些像浪漫，但他却不是堕落的浪漫。

他所讲的恋爱，不是痴情，是使人不得不恋爱的生命力。他说人为生命力所压迫才恋爱的。

第十讲

我今天的讲题是威尔斯H.G.Wells。他是《世界史纲》的作者。我认识他。他的母亲是个女仆出身,他父亲是个园丁,以打球为生。威尔斯因为家寒,十三岁便出校做事,先在药店里当伙计,以后又到衣店里学做买卖。竭力的将费用节省,才入了大学。后来又作新闻事业。他最初作的东西有一本《时间机》,是一本幻想的小说,根据于科学思想的。他的科学小说著得很多,后又从事社会小说。他作的书不下三四十册。他的绰号是"群众的超人",因为他是入世的,并没有怪僻的地方,而萧伯纳却是极明显的超人了。

萧伯纳的思想是一贯的,但他的思想却是时有变迁。彼时他们都是属于社会改良派的。后来威尔斯忽不满意于此派,遂退出,另立一世界主义,和萧伯纳抗衡,于是便有一九〇五年萧威二氏的辩论。这场辩论很是有名,威尔斯不及萧伯纳语言便捷,因之结果威尔斯失败。

威尔斯主张艺术只是一种表达思想的工具,恰又逢到偏重艺术的詹姆士,两人又辩了起来,后来竟常常为这事起争论。他和易卜生是不同的。易卜生完全为了自己的感情冲动而作戏剧,而他却是为了社会而作社会小说的。在这里我想起一个笑话。有一个女权运动会,会员们看易卜生戏剧里这样的鼓吹妇女革命,尊崇得了不得,要替他造铜像,还请他来演说。他便说破他一点成心也没有,并不晓什么叫女权运动,大笑而返。威尔斯却不然,他攻击现社会一切风俗制度和习惯,不遗余力;工业上的不平等待遇,他尤为愤慨。

威尔斯和康拉得也不同。康拉得是以人为本位,而他是以社会为本位的。

威尔斯对于人类抱无限的乐观。他觉得人类是胸的进化史。

现在我要再说一说我和威尔斯认识的经过，使诸君对于这位大著作家的生活有个明了的印象。

有一天清晨，我正坐在窗口写字，打开窗子，放阳光尽量的进来。那时我还没有盥洗呢！忽然看见门外停了一辆汽车，我知道是来找我的，忙出门去看，看见陈通伯和章行严两位先生走下车来，我立即向前招呼，他们和我握手。我看见汽车上有一个司机人对着我笑，弄得我莫名其妙。陈君说话很急，拉着我的臂说："这就是……"说了好久说出："这就是威尔斯！"我听说忙将他接下来，同入室内谈话。他说他很爱吃中国饭。谈了许久方才辞去。

威尔斯住在索司地顿地方，他约我到他那里去玩。那时我正在伦敦，我便去了。到了车站，有他的两个小孩子接我。我便跟着他们走。那地方一带尽是树林，没有别的居民，可以算是威尔斯家的所有了。那里有一个华维克花园。我们走，走，走，后来看见一所房子，我知道是快到了。那时我看见威尔斯正背着手，低着头在那里走来走去。两个孩子笑着指着向我说："你看这位老哲学家又在那里不知想什么了呢！"

他家门口有一株银柏。我进去和他谈了一会，他的声音很尖，但不是音乐的。人称他是"极精的说谎者"。他只要看见一个人的屋子，说连鼠洞都记得，完全是一种科学的观察。

我在他家吃午饭。他后来领我看他的房子，有棕色的房子，也有黄色的。他家人口很少。他的妻也是一个小说家。除去他们老两口子和他们的两个孩子，此外只有几个女仆，一个园丁。他住在伦敦，这乡村是他的别墅。他现年五十多岁，精神仍极好。我去时他正在同时著三本书,一本是小说《似神的人》,另外还有一本关于历史的,一本关于教育的。他著作没有一定的时候,半夜想到好意思,衣服也不穿,便立刻爬起来,拧燃电灯,将那感想写下。他常在夜间写,到第二天早上,他的妻拍拍拍拍用打字机打了出来,便送到书局去印去了。

萧伯纳虽是攻击旧道德,而他自己却好似一个清教徒,循规蹈矩,连英伦海峡都没有迈出一步。威尔斯却是吃烟喝酒,斗牌打球,无一不来。

饭后我们同到华维克花园散步。我们谈到近代小说,他要我把中国近代的作品译出来出小说集,他要办一个书局,将来可以由他出版。我们谈得非常高兴。正走的时候,忽然有一个篱笆拦住。他说:"我们跳过去罢!"我说:"好!"我倒跳过去了,但他却跌了一交,弄得他衣服都撕破了

后来我们又打球。晚饭后又喝威士忌酒,谈到十一点方才就寝。

选自赵景深编《近代文学丛谈》,上海新文化书社 1925 年版

丹农雪乌的作品①

紧接着罗马，丹农雪乌又逢到了一个伟大的势力：他读了尼采。丹农雪乌的艺术的性灵已经充分的觉悟，凭着他的天赋的特强的肉欲，在物质的世界里无厌的吸收想象的营养，他也已经发现他自己内在的倾向：爱险，好奇，崇拜权力，爱荒诞与殊特，甚至爱凶狠，爱暴虐，爱胜利与摧残，爱自我的实现。他是不愿走旁人踏平了的道路，他爱投身到荆棘丛中去开辟新蹊，流血是他的快乐，危险是他的想望；超人早已是他潜伏的理想。现在他在尼采的幻想的镜中，照出了他自己的体魄。他的原来盲目的冲动得到了哲理的解释，原来纠杂的心绪呈露了联贯的意义，原来不清切的欲望转成了灵感他的艺术的渊泉。尼采给了他标准，指示了他途径，坚强了他的自信，敦促了他的进取。后来尼采死在疯人院里，丹农雪乌做了一首挽诗吊他，尊为"伟大的破坏者，重起希腊的天神于'将来的大门'之前"。尼采是一个"生迟了二千年的希[腊]人"；所以丹农雪乌自此也景仰古希腊的精神，崇拜奥林匹克的天神，伟大、胜利与镇静的象征；纯粹的美的寻求成了他的艺术的标的。

①丹农雪乌：D·Annunzio，今译邓南遮。

41

但他却不是尼采全部思想的承袭者；他只节取了他的超人的理想，那也还是他自己主观的解释。他的特强的官觉限制了他的推理的能力，他的抽象的思想的贫弱与他的想像力的丰富，一样的可惊；他是纯粹的艺术家。

此后"超人主义"贯彻了他的生活的状态，也贯彻了他的作品。他的小说与戏剧里的人物，只是他的理想中的超人的化身，男的是男超人，女的是女超人，灵魂与肉体只是纯粹的力的表现，身穿着黄金的衣服，口吐着黄金的词采，在恋爱的急湍中寻求生命，在现实的世界里寻求理想。

那时欧洲的文艺界正在转变的径程中。法国象征派诗人，沿着美国的波(Poe)与波特莱亚(Baudelaire)开辟的路径，专从别致的文字的结构中求别致的声调与神韵，并且只顾艺术的要求与满足，不避寻常遭忌讳或厌恶的经验与事实：用惨死的奇芒，嚣俄说的，装潢艺术的天堂；文学里发现了一个新战栗。高蒂霭的赞美肉体的艳丽的诗章与散文；莫洛贝与左拉的丑恶与卑劣的人生的写照；斐德与王尔德的唯美主义；道施妥奄夫斯基的深刻的心理病学——都是影响丹农雪乌的主要的元素。他的《无辜者》与《罪与罚》有狠明显的关系；《死的胜利》有逼肖左拉处。

但丹农雪乌虽则尽量的吸收同时代的作者的思想与艺术，他依旧保存着他特有的精彩：他的阿尔帕斯南的拉丁民族的特色。只有俄罗斯可以产生郭郭儿 (Gogol)，只有法兰西可以产生法朗司(Anatole France)，只有英吉利可以产生奥斯丁(Jane Austen)，只有意大利可以产生丹农雪乌。北欧民族重理性，尚敛节；南欧民族重本能，喜放纵。丹农雪乌的特长就是他的"酣彻的肉欲"与不可驾驭的冲动，在他生命即是恋爱,恋爱即是艺术。生活即是官觉的活动,没有敏锐的感觉,生活便是空白,所有美的事物的美,在他看来,只是一种结构极微妙的实质,从看得见的世界所激起的感觉,快感与痛感,凝合而成的,这消息就在经验给我们最锋利的刺激的霎那间。这是他的"人生观",这是他的实现自我,发展人格的方法——充分的培养艺术的本能,充分的鼓励创作的天才,在极深刻的快感与痛感的火焰中精炼我们的生命元素,在直接的经验的糙石上砥砺我们的生命的纤维。

从一切的经验中(感官的经验)领略美的实在;从女性的神秘中领略最纯粹的美的实在。女性是天生的艺术的材料,可以接受最幽微的音波的痕迹,可以供诗人的匠心任意的裁制。一个女子将去密会她的情人时的情态:她的语音,她的姿势,她的突然的兴奋,与骤然的中止,她的衣裳泄露着她的肌肉的颤动,她的颊上忽隐忽现的深浅的色泽,她的热烈的目光放射着战场上接刃时的情调,她的朱红的唇缝间偶然逸出的芳息:这是艺术家应该集中他的观察的现象。

所以他的作品,只是他的变相的自传,差不多在他的每一部小说里,我们都可以看出丹农雪乌的化身,在最繁华、最艳丽的环境中,在最咆哮的热情与最富丽的词藻中,寻求他的理想的人生的实现。恋爱的热情永远是他的职业,他的科学,他的宇宙;不仅是肉体的恋爱,也不仅是由肉体所发现精神的爱情,这都是比较的浅一层的。最是迷蛊他的,他最不能解决的,他最以为神奇的,是一种我们可以姑且称为绝对的恋爱,是一种超肉体超精神的要求,几乎是一个玄学的构想。我们知道道施妥奄夫斯基曾经从罪犯的心理中戡求绝对的价值——The absolute value ——丹农雪乌是从恋爱中戡求绝对的满足。这也许是潜伏在人的灵府里最奥妙亦最强烈的一个欲望,不是平常的心理的探讨

徐志摩谈文学创作

所能发现的;这是芭蕉的心,只有抽剥了紧裹着的外皮方可显露的。丹农雪乌的工夫就是剥芭蕉的工夫;他从直接的恋爱的经验中探得了线索与门径,从剧烈的器官的感觉中烘托出灵魂的轮廓。他的方法所以是澈底的主观的,他的小说只是心理的描写:他至多布置一个相当的背景——地中海的海滨或是威尼士的河中——他绝对的忽略情节与结构,有时竟只是片段的,无事实亦无结局(如 Virgins of the Rock)。所以他的特长,不在描写社会,不在描写人物,而在描写最变幻、最神奇的自我,有时最亲密的好友,有时最恶毒的仇敌,我们最应得了解,但实际最不容易认识的——深藏在我们各个人心里的鬼;他展览给我们看的是肉欲的止境,恋爱的止境,几于艺术自身的止境。

所有伟大的著作,多少含有对他的时期反动或抗议的性质。丹农雪乌也曾经一部分人的痛斥,说他的作品是不道德的,猥亵的,奖励放纵的。但我们也应该知道近代的生活状态,只是不自然,矫揉的,湮塞本能的。我们的作者也许走了那一个极端,他不仅求在艺术中实现生命,他要求生活的艺术化:"永远沉醉在热情里",是他的训条。他在他的小说 Fervour 里说:"现代的诗人不必厌恶庸俗的群众,亦不必怨恨环境的拘束,我们天生有力量在掌握里的人,就在这个世界上,还是一样的可以实现我们生命里的美丽的佳话。我们应该向着漩涡似的生命里凝神的侦察,像从前达文睿教他的弟子们注视着墙壁上的斑点,火炉里的灰烬,天上的云,或是街道上的泥潭,要看出新奇的结构与微妙的意义。"他又说:"诗人是美的使者,到人间来展览使人忘一切的神品。"

但他的理想的生活当然是过于偏激的;他的纵欲主义,如其不经过诗的想象的清滤,容易流入丑恶的兽道,他的唯美主义,如其没有高尚的思想的基筑,也容易流入琐碎的饰伪。至于他的理想的恋爱的不可能,他自己的小说即是证据,道施妥奄夫斯基求绝对的价值的结果只求着了绝对的虚无,一个凄惨的,可怖的空,他所描写的纵欲与恋爱的结果也只是不可闪避的惨剧。丹农雪乌与王尔德一样,偏重了肉体的感觉;他所谓灵魂只是感觉感觉的本体。纵容肉欲(此篇用肉欲处都从广义释)最明显的条件,是受肉的支配;愈纵欲,满足的要求亦愈迫切,欲亦愈烈,人力所能满足的止境愈近,人力所不能满足的境界亦愈露——最后唯一的疗法或出路,只是生命本体的灭绝。在《死的胜利》里,男子与女子的热恋超过了某程度以后,那男子,他是一个绝对的恋爱的寻求者,便发现了恶兆的思想——

"她所以是我的仇敌,"他想,"她有一天活着——尽她能用她的魔力来迷着我的日子——我就不能踏进我所发现的门限,她永远牵制着我……我理想中的新世界,新生命,都只是枉然的。恋爱有一天存在着,地球的轴心总是在单个人的身上,所有的生命也只是包围在一个狭小的圈子里。要想站起来,要想打出去,我非脱离恋爱不可——非先将我自己救出敌围不可。"

他又冥想她死了。"死了以后,她只能做幻梦的资料,到成了一个纯粹的理想。她可以从一个不完全的生存,上升到一个完全的永远平安的居处,她所有的肉体的斑点与欲念,也从此解脱了。摧残正是真的占有,灭绝正是真的不朽。到恋爱里求绝对的人再没有第二条路可走。"

"他也明白仇恨着她是不公平的,他知道运数的铁臂不仅是缩住了他,也缩住了她。他的烦恼并不是别人的缘故,这是从生命的精髓里来的。如其恋爱着的人们逢到了这样的难关,谁也不能抱怨谁,他们只能咒诅恋爱自身。恋爱! 他的生命的纤维,像铁屑迎着磁石似的,向着恋爱直奔,谁也不能克制;恋爱是地面上所有不幸的事物里的最凄惨最不幸的一件,但是他活着的日子恐怕再也逃不了这大不幸。"

"每个灵魂里载着的恋爱的质量是有限的,恋爱也有消耗尽净的日子。到了那个最悲惨的时刻,再没有方法可以救济恋爱的死。现在你爱我的时间已经很久,快近两年了!"

载北京《晨报·文学旬刊》1925 年 5 月 15 日

丹农雪乌的小说

丹农雪乌英译的小说共有九种,分为三族,每族三书。(一)玫瑰丛谭是《快乐儿》(The Child of Pleasure),《无辜者》(The Sacrifice)与《死的胜利》(The Triumph of Death);(二)莲花丛谭。最主要的是《死的胜利》,《无辜者》,《快乐儿》,《热情》,与《石女》。

自从 V.Courte de Vogue(法国人,著名评衡家)在 Revue des deux Mondes 里初次介绍丹农雪乌,极力的推崇说他是拉丁民族的天才的化身,又经文学家 Herlle 等的翻译,他在大陆上的声誉便野火似的烧了开去。在英国介绍他的最有名的作者是Onida,Henry James,William Sharp,Arthur Symons。最近汉福德教授也有论他的戏剧的文,现在收在他的文集里"Shakespeare on Love and Marriage, and Other Essays"。

小说(the novel)在文学里是最后的产儿;十八世纪以前,现在所谓小说是没有人知道的。十九世纪是小说的世纪,但从司考德到器俄,从器俄到陶代,小说只是叙述故事的散文,不是想象的艺术(Imaginative Art),不能与诗与音乐并列的。散文到了斐德的手里,成功了一种新发现的美术,他的散文是有翅膀的,是热情与冷智在音乐厅中的合婚,但他却不是小说家,虽则他有他的无双的《玛黎曷士》与《想像的肖影》。

丹农雪乌以求美为他的著作的动机,也正想在艺术殿上把小说的位置提高一级。他虽则写散文,他的原料是诗,他把诗的灵魂装入他的新发现的散文的躯壳。所以斐德的散文是散文的艺术化,还是散文,丹农雪乌的散文是散文的诗化,可以说是散文诗。他的文体与声调在近代文学里是独一的,他是最奢侈、最从容的"字的艺术家"。

《死的胜利》是他的最醇的一部著作。情节只要一两句话可以说完的:书里的主人公(不用说,又是丹翁自己的影子)与一有夫的女人发生了恋爱,女的想法脱离了她的丈夫,伴着他隐居在海边,结果是——

"你疯了不成?"她狂喘的叫着。但他没有答话,又扑了过来,擒住她的身子,向着危险的崖边狠劲的拖着。她忽然的明白了他的意思,她的灵魂被恐怖的重量压住了。"不,不,箕安!放我!放我!等一等! ——听我,听我!再等一等!我有话说! ……"她已经是吓昏了,只是苦苦的求着他。"一分钟!听我!我爱你!你饶了我!你饶了我!"她的舌头已经打了结,她快挣不住了,凶恶的死已经在她的眼前晃着。"救命,"她大声的喊着。她还想脱身,指爪掐着,牙齿咬着,像野兽一样。"害命!救命呀!"她觉得她的头发被他抓住了,头里一阵的昏,腿里一发软,她倒在绝壁的边沿,她失败了。

这时他的狗对着他的倒在地上扭斗着的主人狂噑着。

一场剧烈的搏斗,像是两个死仇碰着了。他们胶成了一堆,向外一滚——完了。

这是到恋爱里去求绝对的结局。

丹农雪乌,因为他的精神与方法是与左拉的颇相似的,一样彻底的查究人生,大胆的露布他的研求的报告,也受一般人的非难,说他是不道德的,描写淫秽与病象的作者。他的确有他的过分的地方,与《娜娜》(Nana)的作者一样;但这过分,有见地的读者应得同意,决不是应用社会上流行的道德标准的案语,而是艺术的评判。繁杂琐碎与重复是近代文学尤其是拉丁民族的出品最显著的通病;所谓心理写实派的小说尤其如瞎子摸路,多的是磕撞与转折,丹农雪乌有时也不免有这个倾向。所以他的缺憾不在惨刻的心理的解剖或猥亵的情态的描写,而在他的这类描写的过多,过繁,有时过琐碎。但我们同时也应得认明丹农雪乌艺术的天才远过左拉,在他的最琐碎的篇章里也还看得出许多未易的优点,他的文字是精炼的,他的音调是调谐的,不比左拉的琐碎只是琐碎,左拉的写实只是写实;所以《娜娜》一类的书已经在文学的墓园里埋着,而《死的胜利》与 Madame Bovary,单凭他们所实现的文字的优胜,还是继续着他们有光荣的生命。在《死的胜利》里,可爱的节段不少,譬如海的描写,莺歌的描写,槐格南的 Tristan und Isolde 的分析,意大利市街的描写,等等,都是绝美的文章,有意义有精采的结构。我们明知翻译是最不易讨好的,但我姑且试译几节,使不能读他的书的人也可以多少知道一点他的特别的写法。

他们走到了山脚边,天色已经昏暗了。月亮正在上升;一股露渍的清芬从四围的草木丛中吐布着,方才雷雨的余震还不曾减杀。每张叶片上都提着一颗泪珠,在新月的明辉里像钻石似的闪耀着,林木间呈露着一种异常的情调。箕安在无意中碰着一株小树,一阵繁星似的水点,从畸错着的树枝上纷纷的掉落,溅湿了逸宝的全身。

她呀的一声轻叫，她也笑了。

"倒乱，哼！"她叫着，她以为箕安有意的作弄她，叫她洗一个灌水浴；她立即想法报复。

她把住一堆的青丛，使劲的摇着，笋着，洒下了一群流液的珠玑；在这清脆的淅沥声中，逸宝娇憨的笑响，一阵阵的，满布着山麓。箕安也笑了，方才满心的幻象顿时的消泯，重复开怀的投入了青年的诱惑，日夜生动的清鲜，绿茵与丛灌的芳馨，重复兴奋了他酣彻的官感。他想先赶到一株满载着露溥的稚松，她也飞箭似的射下了滑腻的斜坡。他们同时赶到那株树底，同时捧着树干狂摇，同时渍着鲜甜的银泻。在颤荡的青荫底，逸宝的贝齿与妙眼，一闪闪的亮着，钻屑似的细滴，在她的前额惺松的发鬈上，在她的腮边与唇上，两眼的睫毛上，星星的闪耀着，在她的态笑里颤震着。

"呀，妖精！"箕安叫着，双手放开了树干，搂紧了妇人，她在这艳色的月下忽然又放射了不可抵御的妖冶，他又被迷蛊住了。

他骤雨似的在她的面上猛吻着，狂接着，他的情热的口唇啜着清凉的露沱，像是枝头的鲜果似的。

"这儿——这儿——这儿。"她喃喃的嗪着，他吻着她的口，她的腮，她的眼，她的眉，她的咽喉，像是饿久了似的，像是初次尝味似的。她受着这一阵的孟浪，在他的热烈的怀抱里神魂迷醉的倚着，这是她每会知道他"真个销魂"时际酥懒的故态。她像是从她的灵魂深处呼泄出最鲜甜，最锐利的恋爱的幽香，恣容他的迷醉，直到快感被锐逼成绝对的刺痛。

"啊——"他停了；他已经得到了最高度的官快，他再不能容忍了。

下面一段的描写与方才一节不同，是用清简的笔致写其活泼的情景——

听着碗碟响，他问："你饿了吗？"这话又亲昵，又殷勤，又带点儿孩子气，逸宝听得笑了。

"是有一点儿，"她笑着答话；他转过头去望着那株橡树荫下布置齐整了的饭桌。过了几分钟饭来了，箕安说，"这里随便得狠，你只好勉强一点。""好说哩，我在这儿吃草都愿意。"

她欣欣的走到桌边，仔细的看看桌布，刀叉，杯盘，她看得什么都有意思，像一个孩子爱上了白磁器的青花似的。

"这儿什么都好，我真乐。"

她低着头去闻桌上放着的那一大整块的圆面包，金黄色的松脆的外皮，还是热热的。"啊，这味儿多好！"她忍不住她的孩子气，拿手去拧下了一小块，放近了她的白净的牙关。

"面包真好！"

她的口唇的一开一阖，她的牙齿的闪亮，她的欣喜的眼波，都表示她吃得满意；这时她的全身仿佛是呼泄着一种新鲜的纯粹的娇柔与达人的情调，她的情人站着看痴了。

"好极了，箕安，真好，快来吃呀。"

《快乐儿》是丹农雪乌的第一部的小说，情节可说是一个才子（又是他自己的化身）在贵族社会里的艳迹。这书的背景是罗马，他的景色的描写是不易磨灭的。他的姿趣，他的颜色，他的声调，他的

徐志摩读文学创作

意境，都有不可模拟的异彩；他不仅有优美的韵节，不仅有浓艳的彩色，他的文字是馨香的，也许有时应用过分些；有人批评水让画的葱头，不仅是一个葱头，而且是一个有葱臭的葱头，丹农雪乌也有这样的手腕，他是描写官感的圣手。他的文字的天才是可惊的；他不但能融会希腊文、拉丁文、意大利文，以及法文、英文的精华，他实际上也兼包科学的名词，与意大利各地最庞杂的方言，像冶金似的，在他的洪炉中，一切都溶成了精液，供给他的铸造新器的原料。他是丹德的一个肖子。

《无辜者》是他的第二部小说。这是一篇忏悔录，又是一个天才的诗人，他的放纵的生活，激起了他的良心的反动，想抛弃了外恋规复他的家庭幸福；他忽然发现了他的妻子，在他自己的放纵期内，也结了非法的因缘，并且孕怀了不幸的果实。但他的母亲却不知底里，只是欣欣的想望抱孙。他的妻子有一天对他自首她的罪状，求他准她自杀——

　　她低着她的头。忽然她捉住我的双手，暴雨似的狂吻着，我只觉得手背上她的口唇的热和着眼泪的热。我想把手缩开，但她从椅上溜了下去，跪在我的跟前，很劲的擒住我的手，啜泣着，抬起她的可怜的泪透了的脸向着我，她的口颤动着，抽搐着，泄露她的不可言喻的苦痛后扭着她的灵魂。我浑身仿佛是瘫痪了似的想扶她起来想开口说话，都没有效力。一阵情绪的狂潮淹没了我的灵府，她的可怜的战栗着的形容感动了我的慈悲，所有的怨毒与意气，霎时的消灭了。只有人生的凄惨与恐怖与苦痛，在我与我的眼前匐伏着的妇人的心里的。人间的不幸，罪孽制定的惩罚，肉体的负担,运命的恐怖,在我们生命的根株里盘结着的。所有情爱的刺痛与悲哀,压迫着我的灵魂——我也不自主的跪了下去,一阵突起的强烈的冲动使我情愿与这不幸的妇人共同惨刻的命运。我也悲泣了。我们的眼泪重复一度糅合了。这是多沸烫的热泪,但也不能转变我们的运命。

他不许她死,但彼此心里的苦痛,依旧深深的纠缠着。她生产了一个男孩。他的母亲只当是她嫡亲的孩子,异常的钟爱,他历尽了无限的精神的痛苦,最后他认定牺牲,非此即彼,是唯一的出路。他设法把小孩害死了,但旁人只当是病死的,也许他的妻子多少猜着了。最末的一章是他在教堂里亲见这死孩的葬礼。这书的结构与写法,都与道施妥奄夫斯基的《罪与罚》有亲切的关系,但也有作者特长的地方。最先肉体的要求与责任心的交斗,他怀疑的萌芽,心灵磨折的奇楚,他的妻子的供状与他两难的境地,他服侍妻子生产时怜悯与厌恶交揉的心理,最后的决心,谋害的情况——一长篇充实的细密的记载,照相般的详尽,中间穿插着自然景色的描写陪衬心理的分析。我现在试译他的听杜鹃的一段美文:

  杜鹃唱了。初起是像一腔谐音的欢畅的爆裂;一流轻捷的颤音的劲瀑,激入空中,像是珍珠泻落在八音琴的玻璃上。一小顿,一片颤荡着的音波徐徐的升起,轻灵的,悠然长引的,像是小试着她的力量,傲慢的挑逗着她的无形的敌侣。

  第二顿。此次是三音符的一节,像在发问似的,每次的语调有些微的变更,复唱了五六遍,柔软的音调,像一支纤弱的芦笛吹着山歌。

53

第三顿。歌声转入悲调，较前低半音，喟息似的轻柔；仿佛是呻吟指画着寂寞的恋爱者的惆怅，碎心的想愿，无聊的希冀；迸出最后的呼吁，急就的，锐音的，像悲痛的呼嗷：停了。

又一较久的停顿。一新起的音调，像是又一声带的颤动，怯弱的，纤细的，像雏禽的啾唧，小雀的唧吱；忽然神异的转变了，原来嘈杂的呜咽化成了狂激的高歌；颤音急进的增快着，翻入音响险兀的飞翻，跳荡着，扩张着，腾跃着，逼入至高无上的音阶。唱歌者为她自己的歌酿陶醉了。她出神的唱着，呼吸都没有间隙，一调不曾完毕，一调又接着来了，将她一腔的狂热翻成神化莫测的谐调，奋切而婉转，矜持而响入云，轻盈而庄重，有时阑入零落的吁喟，有时发为哀悼与恳切，有时喷激着热烈的急就的情歌，刳心沥血的声诉。满园静静的像在倾听着，天空俯盖着一枝老树，在这重荫深处，这愤世的诗人，泛滥着她的狂潮似的妙乐。鲜花在深深的、静静的呼吸着。一带黄色的光芒在西天边留恋着，垂绝的白天延滞着惨淡的衰光。一单颗的明星已经升起，静寞的，颤动的，像一颗光明的露珠。

这是真的杜鹃曲，我们也听醉了。

《热》也是一部奢侈的奇书。书中的主人还是他自己的化身，这一次他的爱人不是爵夫人（如《快乐儿》），也不是有夫之妇（如《死的胜利》），而是一个半老的名优；背景不是古色斑斓的罗马而是诗梦缠绵的威尼市。我只得割爱不再摘译了，因为一开始便如一只蝴蝶飞入百花丛中，再也不忍舍弃了。

《岩石的处女》更没有可说的情节，作者开始就说——

"我在简短的期间内，不揣我的俗眼，观察这一枝三穗无比的灵魂，从最初秾丽的苞萼始，至最后的凋谢止。

我所稔悉不过家常琐细。但我的心头已经满贮了悲感与凄惋。事迹虽不足奇，但道是我生平磨不灭的记忆。"

全书完全是心理的描写；在他的小说中，这部书最是中和，没有猥亵的章句。

载北京《晨报副刊》1925 年 5 月 19~22 日

徐志摩谈文学创作

55

《涡堤孩》引子

引子里面绝无要紧话,爱听故事不爱听空谈诸君,可以不必白费时光,从第一章看起就是。

我一年前看了"Undine①"(涡堤孩)那段故事以后非但很感动,并觉其结构文笔并极精妙,当时就想可惜我和母亲不在一起,否则若然我随看随讲,她一定很乐意听。此次偶尔兴动,一口气将它翻了出来,如此母亲虽在万里外不能当面听我讲,也可以看我的译文。译笔很是粗忽,老实说我自己付印前一遍都不曾复看,其中错讹的字句,一定不少,这是我要道歉的一点。其次因为我原意是给母亲看的,所以动笔的时候,就以她看得懂与否做标准,结果南腔北调杂格得很,但是她看我知道恰好,如其这故事能有幸福传出我家庭以外,我不得不为译笔之芜杂道歉。

这篇故事,算是西欧文学里有名浪漫事(Romance)之一。大陆上有乐剧(Undine opera),英国著名剧评家 W.L.Contney 将这故事编成三幕的剧本。此外英译有两种,我现在翻的是高斯(Edmund Gosse)的译本。高斯自身是近代英国文学界里一个重要份子,他还活着。他是一诗人,

①这是徐志摩翻译德国作家福沟的小说《水中仙女》(徐译《涡堤孩》)后,为之写的引言。标题由编者所拟。

56

但是他文学评衡家的身分更高。他读书之多学识之博，与 Edward Dowden 和 George Saintsbury 齐名，他们三人的评衡，都是渊源于十九世纪评坛大师法人圣百符(Sainte-Beuve)，而高斯文笔之条畅精美，尤在 Dowden 之上，(Saintsbury 文学知识浩如烟海，英法文学，几于全欧文学，彼直一气吸尽，然其文字殊晦涩，读者皆病之。)其 Undine 译文，算是译界难得之佳构，惜其书已绝版耳。

高斯译文前有一长篇 La Motte Fouqué 的研究，讲他在德文学界的位置及其事略，我懒得翻，选要一提就算。

这段故事作者的完全名字是 Friedrich Heinrich Karl, Baron de la Fouqué 我现在简称他为福沟，他生在德国，祖先是法国的贵族。他活了六十五岁，从一千七百七十七年到一千八百四十三年。

他生平只有两样嗜好，当兵的荣耀和写浪漫的故事。他自己就是个浪漫人。

他的职业是军官，但他文学的作品，戏曲诗，小说，报章文字等类，也著实可观，不过大部份都是不相干的，他在文学界的名气，全靠三四个浪漫事，Sintiam,Der Zanberring,Thiodulf,Undine，末了一个尤其重要。

福沟算是十九世纪浪漫派最后也是最纯粹一个作者。他谨守浪漫派的壁垒，丝毫不让步，人家都叫他 Don Quixote。他总是全身军服，带着腰剑，顾盼自豪，时常骑了高头大马，在柏林大街上出风头。他最崇拜战争，爱国。他曾说："打仗是大丈夫精神身体的唯一完美真正职业，"岂不可笑？

他的 Undine 是一八一一年出版。那故事的来源，是希腊神话和中世纪迷信。葛德 (Goethe) 曾经将火水土木四原行假定作人，叫火为 Salamander，水为 Undine，木为 Sylphe，土为 Kobold。福沟就借用 Un-

57

dine，和 Melusine 和 Lohengrin(Wagner's Opera 怀格纳著名的乐剧)的神话关联起来写成这段故事。那大音乐家怀格纳很看重福沟，他临死那一晚，手里还拿着一本 Undine。

福沟出了这段故事，声名大震，一霎时 Undine 传遍全欧，英法意俄，不久都有译文。葛德和西喇都认识福沟，他们不很注意他的诗文。但是葛德读了 Undine，大为称赞，说可怜的福沟这会居然撞着了纯金。哈哀内 Heine(大诗家)平常对福沟也很冷淡，但是这一次也出劲的赞美。他说 Undine 是一篇非常可爱的诗，"此是真正接吻；诗的天才和眠之春接吻，春开眼一笑，所有的蔷薇玫瑰，一齐呼出最香的气息，所有的黄莺一齐唱起他们最甜的歌儿——这是我们优美的福沟怀抱在他文字里的情景，叫作涡堤孩"。

所以这段故事虽然情节荒唐，身分却是很高，曾经怀格纳崇拜，葛德称羡，哈哀内鼓掌，又有人制成乐编成剧，各国都有译本，现在所翻的又是高斯的手笔，——就是我的译手太不像样罢了。

现今国内思想进步各事维新，在文学界内大众注意的是什么自然主义，象征主义，将来主义，新浪漫主义，也许还有立方主义，球形主义，怪不得连罗素都啧啧称赞说中国少年的思想真敏锐前进，比日本人强多了。(他亲口告诉我的，但不知道他这话里有没有 Irony，我希望没有。)在这样一日万里情形之下，忽然出现了一篇稀旧荒谬的浪漫事，人家不要笑话吗？但是我声明在前，我译这篇东西本来不敢妄想高明文学先生寓目；我想世界上不见得全是聪明人，像我这样旧式腐败的脾胃，也不见得独一无二，所以胆敢将这段译文付印——至少我母亲总会领情的。

载 1923 年 5 月商务印书馆《涡堤孩》

托尔斯泰论剧一节

——附论"文艺复兴"

"说起戏,何等悲惨的戏,在我们的眼前正演着:国家的戏,阶级的戏,等第的戏!还有那个人的戏!从来有没有过像今天这样到处是惊心的苦恼,相互的残杀?只要想想这四年来我们亲眼见的惨象!在这普遍的斗杀声中,那一处不是变乱,那一处不听见大屠杀的叫嚣,残破的尸体,一堆堆的,积在市街上,横在田野间,沉在水底!现在闹声虽则过了,底里还不知有多少隐秘的杀害,隐秘的自尽,隐秘的癫狂!但戏剧的材料虽则这样丰富,我们的舞台还是照样的穷。我们没有悲剧,没有惊人的戏曲,甚至没有一个健全的有趣味的'常演剧团',没有幽默……

"倒像是生活与戏剧同是一块材料里做出的,如其一边分得多了,那一边派着的就少。剧场戏曲的源泉是干涸了的,就有一些沈闷的黏涩的'改编'(Adaptation)一类的液体还留在底里。

"喔,那些改编的东西!当然,一个人饿急了总得想法子。可是改编真不是办法,太孩子气了;拿现成的一本小说或是一篇故事,给重排一道,就算是戏,这不是孩子们的玩艺?拿起一幅画,沿着线条剪下一个形象,粘在一块纸板上,把它支了起来站着,他们就快活。因为它站得起来,就当它是个塑像! 一本小说或是一篇故事是绘画的工作:画家顾着的事情,是怎样使用他的笔法,怎么上颜色,怎么描背景,阴影,色调的强弱。戏曲是雕刻家的工作。你得拿凿来动手:不比把彩釉往平面上粘,这是雕镂真形象的事情。

"我开始写我那《黑暗的势力》的时候,我才明白小说与戏本间宽阔的距离。初起我只当它小说写,想用我写小说用惯的老法子。但是写不到几页我就发见根本不是这回事。例如,在戏台上要实写剧中人在紧要关头他心里实在经过情形是不可能的,你没法叫他想。唤起记忆,或是应用他的过去事迹来衬出他的品性:试验的结果只是无味,不自然,不真。你得给观众一个结构成形的心境,你得把你的思想构成形体,他们才看得见。只有这些心影(灵魂影像)——镂空成形而且相互交错的——能鼓动,能感动看的人。

"在《黑暗的势力》里,我没有办法,有几处还是用了'独语';但是我写的时候总觉得那不是这么一回事。"

这是托尔斯泰在二十年前论剧的谈话,推内洛马(I.Teneromo,原文见 Aylmer Maude 的"The Life of Tolstoy")给记下来的。在这里托尔斯泰竟像是替我们在现在的中国说了话。杀,残杀,屠杀,自杀;哭声,叫声,呼救声,绝望的叹息声;多可怕的惨剧!那一天才演得完?有完的一天吗?我们暂时有权利坐着看的——天知道下一幕又派着谁! ——眼也花了,气也喘不回来,腰也失了,可是我们还得看,无形中有一个势力逼着我们注意,不容我们些须的挪动,身子在这儿,心也得在这儿,整个儿的!

这时候来讲艺术?做诗,画画,提倡戏剧?不错,我有一时确是以为生活自生活,艺术自艺术;艺术永远可以利用生活所产生的材料,生活却干涉不到艺术的领土,那永远是独立的,逍遥的。也有人说,罗马要是命定得变灰，你我又有什么法子管得它，咱们且弹咱们的琴，唱咱们的歌吧，等到那天火烧到衣襟边再打主意不迟，这忽儿忙什么的！同时我们听见抱怨的声音："这生活太闷，太枯了，戏都看不到，不说别的。"怪，这不是现成的生活舞台上的大热闹，你们还怨没有戏看！

我们全都想躲，是真的，躲，你知道。"风声不好，太太，收拾几个箱子，去东交民巷躲着吧。"这是躲。"生活的面目太凶恶，太凄惨，太可怖了，我们想法子躲吧"，我们畏葸的战栗的灵魂们在商量，"躲到画图的色彩的鲜艳里去，躲到诗的境界的静定里去，躲到一支歌调的悠扬里去，躲到一幕戏的表现热烈里去"，这也是躲。平常在生活的面目比较不太丑怪的时候，我们尚且想躲，何况这时候简直是不堪又不堪？可是躲也得有地方能容你。可怜我们这蒙昧的精神境界，这儿是蔓草，那儿是荆棘，路都没有，你空着忙也是枉然！

这正是我们现在的状况。生活带着他那丑脸，他那恶相，不歇的在我们后背追赶，逼迫，走不及的就被他永远带住，运气稍好些的跑得快，还没有给追着，也快了，他们想逃进一个清静的园子去，门可是关着，他们嚷也是白费劲，或是里面没有人，或是没有收拾好。反正他们进不去，同时生活那丑怪还在不悲怜的搜捕他的逃犯……

现在我知道艺术是不能脱离生活独立的，它的生存与发展是基于有一定条件的。生活不容许的时候，艺术就没有站住的机会。生活相当的安宁是艺术的产生的一个最主要的前提。乱世与文化是不相容的。生活与艺术，正如托尔斯泰说的，是从同一种材料里做出的，这意思是我们只有有限的注意力，只有在生活允准我们闲暇的日子，我们才可以接近艺术，创作艺术。你得有"余力"；个人如此，民族全体也是如此。因为什么是艺术只是反映一个时期的精神势力？正如水定然后能照物，一个时代或一个人,也得"定"然后能反省他内心的活动。艺术是这反省期内的产品,反省的机会又是安宁生活的赠与。所以我们不说在这生活活动摇时期我们的意识停止活动;不,它的活动是永远不停止的;分别是在有否供给反省的闲暇。

我们现在的意识是破碎的,断续的,不完全的,因此不创作的。像是一面掷破的镜子,那些碎屑也未尝不能照出行云的一斑,飞鸟的逝迹,或是树叶间的清风,但这映象是不完全的,破碎的。我们现在只能期望有那一天,到时候这些断片碎屑重复能合成一个无裂痕的明洁的整体,凭着天光的妙用,再照出宇宙的异命哪。

但现在还说不到。

我们说是"文艺复兴"。有几天?

现在该说"文艺复衰"了吧!就成绩看,其实不成话,你我脸上都该带颜色,既然同是这时代的人,新诗——早没了;画,有几张,野狐禅属多;雕刻:零分;建筑:零分;音乐:零分又零分;文章:似乎谁也不愿意写,多半是不能说实话;戏剧:勉强一个未入流,惭愧。我本来想起了就觉着闷,但今天我明白些了。这还不是时候。年来那几朵小花,是烤出来的;不萎怎么着。当然,将来究竟能出品多少,如何质地,我愁没有人敢猜度,不说担保。现在的关键不在文艺本身,得看生活他老先生的意思了。

吃苦的日子往往是暗里发展的日子,我们所以也不能完全责备生活。我们只求他早天换个样儿。动了这半天,也该静了。要是生活静了,艺术还不见消息,那也干脆,我们从此不用再想望什么。

但今天的时候还是在半空里挂着的。看吧!

载北京《晨报副刊·剧刊》第 14 期(1926 年 9 月 16 日)

太戈尔来华①

太戈尔在中国,不仅已得普遍的知名,竟是受普遍的景仰。问他爱念谁的英文诗,十余岁的小学生,就自信不疑的答说太戈尔。在新诗界中,除了几位最有名神形毕肖的太戈尔的私淑弟子以外,十首作品里至少有八九首是受他直接或间接的影响的。这是很可惊的状况,一个外国的诗人,能有这样普及的引力。

现在他快到中国来了,在他青年的崇拜者听了,不消说当然是最可喜的消息,他们不仅天天竖耳企踵的在盼望,就是他们梦里的颜色,我猜想,也一定多增了几分妩媚。现世界是个堕落沉寂的世界;我们往常要求一二伟大圣洁的人格,给我们精神的慰安时,每每不得已上溯已往的历史,与神化的学士艺才,结想象的因缘。哲士,诗人,与艺术家,代表一民族一时代特具的天才;可怜华族,千年来只在精神穷窭中度活,真生命只是个追忆不全的梦境,真人格亦只似昏夜池水里的花草映影,在有无虚实之间。谁不想念春秋战国才智之盛,谁不永慕屈子之悲歌,司马之大声,李白之仙音;谁不长念庄生之逍遥,东坡之风流,渊明之冲淡?我每想及过去的光荣,不禁疑问现时人荒心死的现象,莫

---

①太戈尔:Rabindranath Tagore,今译泰戈尔。

非是噩梦的虚景，否则何以我们民族的灵海中，曾经有过偌大的潮迹，如今何至于沉寂如此？孔陵前子贡手植的楷树，圣庙中孔子手植的桧树，如其传话是可信的，过了二千几百年，经了几度的灾劫，到现在还不时有新枝从旧根上生发；我们华族天才的活力，难道还不如此桧此楷？

什么是自由？自由是不绝的心灵活动之表现。斯拉夫民族自开国起直至十九世纪中期，只是个庞大喑哑在无光的空气中苟活的怪物，但近六七十年来天才累出，突发大声，不但惊醒了自身，并且惊醒了所有迷梦的邻居。斯拉夫伟奥可怖的灵魂之发现，是百年来人类史上最伟大的一件事迹。华族往往以睡狮自比，这又泄漏我们想像力之堕落；期望一民族回复或取得吃人噬兽的暴力者，只是最下流"富国强兵教"的信徒，我们希望以后文化的意义与人类的目的明定以后，这类的谬见可以渐渐的销匿。

精神的自由，决不有待于政治或经济或社会制度之妥协。我们且看印度。印度不是我们所谓已亡之国吗？我们常以印度朝鲜波兰并称，以为亡国的前例。我敢说我们见了印度人，不是发心怜悯，是意存鄙蔑。(我想印度是最受一班人误解的民族，虽则同在亚洲：大部分人以为印度人与马路上的红头阿三是一样同样的东西！)就政治看来，说我们比他们比较的有自由，这话勉强还可以说。但要论精神的自由，我们只似从前的俄国，是个庞大喑哑在无光的气圈中苟活的怪物，他们(印度)却有心灵活动的成绩，证明他们表面政治的奴仆非但不曾压倒，而且激动了他们潜伏的天才。在这时期他们连出了一个宗教性质的政治领袖——甘地——一个实行的托尔斯泰；两个大诗人，加立大塞(Kalidasa)与太戈尔。单是甘地与太戈尔的名字，就是印度民族不死的铁证。

东方人能以人格与作为，取得普通的崇拜与荣名者，不出在"国富兵强"的日本，不出在政权独立的中国，而出于亡国民族之印度——这不是应发人猛省的事实吗？

太戈尔在世界文学中，究占如何位置，我们此时还不能定，他的诗是否可算独立的贡献，他的思想是否可以代表印族复兴之潜流，他的哲学(如其他有哲学)是否有独到的境界——这些问题，我们没有回答的能力。但有一事我们敢断言肯定的，就是他不朽的人格。他的诗歌，他的思想，他的一切，都有遭遗忘与失时之可能，但他一生热奋的生涯所养成的人格，却是我们不易磨翳的纪念。〔太戈尔生平的经过，我总觉得非是东方的，也许印度原不能算东方(陈寅恪君在海外常常大放厥词，辩印度之为非东方的。)〕所以他这回来华，我个人最大的盼望，不在他更推广他诗艺的影响，不在传说他宗教的哲学的乃至于玄学的思想，而在他可爱的人格，给我们见得到他的青年，一个伟大深入的神感。他一生所走的路，正是我们现代努力于文艺的青年不可免的方向。他一生只是个不断的热烈的努力，向内开豁他天赋的才智，自然吸收应有的营养。他境遇虽则一流顺利，但物质生活的平易，并不反射他精神生活之不艰险。我们知道诗人艺术家的生活，集中在外人捉摸不到的内心境界。历史上也许有大名人一生不受物质的苦难，但决没有不经心灵界的狂风暴雨与沉郁黑暗时期者。歌德是一生不愁衣食的显例，但他在七十六岁那年对他的友人说他一生不曾有过四星期的幸福，一生只是在烦恼痛苦劳力中。太戈尔是东方的一个显例，他的伤痕也都在奥密的灵府中的。

我们所以加倍的欢迎太戈尔来华，因为他那高超和谐的人格，可

65

以给我们不可计量的慰安,可以开发我们原来瘀塞的心灵泉源,可以指示我们努力的方向与标准,可以纠正现代狂放恣纵的反常行为,可以摩挲我们想见古人的忧心,可以消平我们过渡时期张皇的意气,可以使我们扩大同情与爱心,可以引导我们入完全的梦境。

如其一时期的问题,可以综合成一个,现代的问题,就只是"怎样做一个人"?太戈尔在与我们所处相仿的境地中,已经很高尚的解决了他个人的问题,所以他是我们的导师,榜样。

他是个诗人,尤其是一个男子,一个纯粹的人;他最伟大的作品就是他的人格。这话是极普通的话,我所以要在此重复的说,为的是怕误解。人不怕受人崇拜,但最怕受误解的崇拜。葛德说,最使人难受的是无意识的崇拜。太戈尔自己也常说及。他最初最后只是个诗人——艺术家如其你愿意——他即使有宗教的或哲理的思想,也只是他诗心偶然的流露,决不为哲学家谈哲学,或为宗教而训宗教的。有人喜欢拿他的思想比这个那个西洋的哲学,以为他是表现东方一部的时代精神与西方合流的;或是研究他究竟有几分的耶稣教,几分是印度教,——这类的比较学也许在性质偏爱的人觉得有意思,但于太戈尔之为太戈尔,是绝对无所发明的。譬如有人见了他在山氏尼开顿 Santiniketan 学校里所用的晨祷——

"Thou are our Father.Do you help us to know thee as Father. We bow down to Thee.Do thou never afflict us,O Father,by causing a separation between Thee and us.O thou self-revealing One,O Thou Parent of the universe,purge away the multitude of our sins,and send unto us whatever is good and noble.To Thee,from whom spring joy and goodness,nay who art all goodness thyself,to Thee we bow down now and for ever。"

耶教人见了这段祷告一定拉本家，说太戈尔准是皈依基督的,但回头又听见他们的晚祷——

"The Deity who is in fire and water,nay,who pervades the Universe through and through,and makes his abode in tiny plants and towering forests—to such a Deity we bow down for ever & ever."

这不是最明显的泛神论吗?这里也许有 Lucretius,也许有 Spinoza,也许有 Upanishads,但决不是天父云云的一神教,谁都看得出来。回头在揭檀迦利的诗里,又发现什么 Lia 既不是耶教的,又不是泛神论。结果把一般专好拿封条拿题签来支配一切的,绝对的糊涂住了,他们一看这事不易办,就说太戈尔的宗教思想不彻底,等等。实际上唯一的解释是太戈尔是诗人,不是宗教家。也不是专门的哲学家。管他神是一个或是两个或是无数或是没有,诗人的标准,只是诗的境界之真;在一般人看来是不相容纳的冲突(因为他们只见字面),他看来只是一体的谐合(因为他能超文字而悟实在)。

同样的在哲理方面,也就有人分别研究,说他的人格论是近于讹的,说他的艺术论是受讹影响的……这也是劳而无功的。自从有了大学教授以来,尤其是美国的教授,学生忙的是:比较学,比较宪法学,比较人种学,比较宗教学,比较教育学,比较这样,比较那样,结果他们竟想把最高粹的思想艺术,也用比较的方法来研究——我看倒不如来一门比较大学教授学还有趣些!

思想之不是糟粕,艺术之不是凡品,就在他们本身有完全,独立,纯粹不可分析的性质。类不同便没有可比较性,拿西洋现成的宗教哲学的派别去比凑一个创造的艺术家,犹之拿唐采芝或王玉峰去比附真纯创造的音乐家,一样的可笑,一样的隔着靴子搔痒。

我们只要能够体会太戈尔诗化中的人格, 与领略他满充人格的诗文,已经尽够的了,此外的事自有专门的书呆子去顾管,不劳我们费心。

我乘便又想起一件事。一九一三年太戈尔被选得诺贝尔奖金的电报到印度时,印度人听了立即发疯一般的狂喜,满街上小孩大人一齐欢呼庆祝,但诗人在家里,非但不乐,而且叹道:"我从此没有安闲日子过了!"接着下年英政府又封他为爵士,从此,真的,他不曾有过安闲时日。他的山氏尼开顿竟变了朝拜的中心,他出游欧美时,到处受无上的欢迎, 瑞典丹麦几处学生, 好像都为他举行火把会与提灯会,在德国听他讲演的往往累万,美国招待他的盛况,恐怕不在英国皇太子之下。但这是诗人所心愿的幸福吗,固然我不敢说诗人便能完全免除虚荣心,但这类群众的哄动,大部分只是葛德所谓无意识的崇拜,真诗人决不会艳羡的。最可厌是西洋一般社交太太们,她们的宗教照例是英雄崇拜;英雄愈新奇,她们愈乐意,太戈尔那样的道貌岸然,宽袍布帽,当然加倍的搔痒了她们的好奇心,大家要来和这远东的诗圣,握握手,亲热亲热,说几句照例的肉麻话……这是近代享盛名的一点小报应,我想性爱恬淡的太戈尔先生,临到这种情形,真也是说不出的苦。据他的英友恩厚之告诉我们说他近来愈发厌烦嘈杂了，又且他身体也不十分能耐劳，但他就使不愿意却也很少显示于外，所以他这次来华，虽则不至受社交太太们之窘，但我们有机会瞻仰他言论丰采的人，应该格外的体谅他，谈论时不过分去劳乏他，演讲能节省处节省，使他和我们能如家人一般的相与，能如在家乡一般的舒服，那才对得他高年跋涉的一番至意。

七月六日

载上海《小说日报》第 14 卷第 9 号(1923 年 9 月 10 日)

说"曲译"

对不起英士先生，我要借用你批评译作后背的地位来为我自己说几句话。方才书店送来足下的原稿要去付印的，我一看到"曲译"与"直译"的妙论，不禁连连的失笑。如此看法翻译之难，难于上青天的了！除了你不翻原书来对，近年来的译作十部里怕竟有十部是糟：直了不好，曲了也不好；曲了不好，直了更不好。我只佩服一部译作，那是赵元任先生的《阿丽思奇境漫游记》。但是天知道赵先生经不经得起张着老虎眼的批评家拿"原文来对"！天知道爱曲的人不责备赵先生太直或是要直的人不责备他太曲！这且不谈，我要说的话是关于我自己的译述。我第一部翻译是 La Fouqué 的 Undine，九年前在康桥连着七个黄昏翻完，自己就从没有复看一道。就寄回中国卖给商务印成书的。隔了三两年陈通伯先生"捉"住了我！别的地方不说，有一处译者竟然僭冒作者的篇幅借题发了不少他自己的议论！那是什么话——该下西牢一类的犯罪！原因是为译者当时对于婚姻问题感触颇深，因而忍俊不住甩了一条狗尾到原书上去。此后当然再不敢那样的大胆妄为，但每逢到译，我的笔路与其说是直还不如说是来得近情些。那也带一点反动性质：说实话，虽则是个新人，我看了"句必盈尺而且的地底地的底到不可开交"的新文实在有些胆寒。同时当然自以为至少英文总不能说不懂。如此云云,几年来东涂西抹,已印成与未印成书的稿件也已不在少数。我性成的大意是出名的,尤其在翻译上有时一不经心闹的笑话在朋友中间传诵的是实繁有徒。我记得最香艳的一个被通伯妹妹给捉住的——也是译曼殊斐儿——是好像把 Thursday 认作 Thirsty 因而在文章上口渴而想吃苹果云云,幸而在付印前就发觉,否则又得浪费宝贵人们的笔墨了!

但我却要对李青崖先生道谢,因为他为我从法文原文校对出赣第德译本上不少的不准确处。可惜我手头没有英译本,不能逐条来说,但关于两点至少我现成有话。"米老德"该是个疑团吧?为什么米老德,而且又不是麦哀老德,难道 My Lord 都认不识当是人名字吗?原来是有一段注解,意思是要读者从念的声音里体会出那话的神气并且我想或许在现代的新造字里多添一个有神气的外来语,但也不知怎的那段括弧跑了,因而连累细心的先生们奇怪,我只好道歉。

第二点是李先生批评的赣第德的"理性"。那确是我自作聪明了事。赣第德(我本想译作"戆的德"的)原字是有率真的意思。也不知当初我怎么的一转念就把理由转成了理性,还自以为顶"合式"的。

我翻那部书是为市面上太充斥了少年维特的热情,所以想拿 Voltaire 的冷智来浇他一浇,同时也为凑合当时我编的晨副的篇幅。我的匆忙和大意是无可恕的,因为我自己从没有复看过一遍,从晨副付印到全稿卖给北新付印;这是我的生性最厌烦复看自己写得的东西,有时明知印得奇错怪样,我都随他去休。

李先生也提到胡适之先生的话,但胡先生夸奖我的话是听不得

71

的。关于他说我赣第德译本的话我这里恭请他正式收回。认我的译文好的方面至多可以说到"可念"Readable,至于坏的方面当然是说不尽说的。这时期到底是半斤八两的多——除了一两个真有自信力的伟大的青年。

关于曼殊斐儿的译文我似乎用不着再说话。通伯先生有封信给我,但我想还是忠厚些不发表它也罢。

载上海《新月》杂志第 2 卷第 1 号(1929 年 4 月)

致 胡 适[①]

适之：

　　二函都到。新年来我这个山中人也只是虚有其名。年初三被张歆海召到上海,看旁人(楼光来)成好事。十三那天到杭州踏月看梅,十四回硖,十五又被百里召到上海,昨日回家,今日方才回山。现在口里衔著烟,面对著阳光照著的山坡,又可以写信做事了。我要对你讲的话多而且长,一件一件的来。

　　我到杭州打电话去寻曹女士没有寻著,不知她现在那里。那晚月色极好,我与我的堂弟沿著白堤踏月,一直到孤山,月下看梅花的一种意境让你想象去吧。那晚湖滨热闹得狠,满天的火龙与飞星,但如我们有清兴的人却是绝无,堤上湖中静悄悄的也没有人影也没有桨声,只有放鹤亭边的狗的清梦被我们惊醒了,噪了一阵子。但我们登孤山顶的时候,却碰著一个少年踽踽的走著,手里提著一张七弦琴,我们问他想请教一阕《月下探》,他没有答话,大约疑心我们是剪径的,急急的走了,一转弯前面一丛矮林,他的身影与履声都不见了,我们真疑心他是仙人!那晚过了十二时才回栈。下一天到灵峰,我骑著自行车去的,倒狠

　　①这是 1924 年 2 月 21 日写给胡适的信。

73

有意思,今年梅讯不盛,就只点缀罢了。我上来鹤亭望了望西湖,就躺在石凳上做梦,旁边有两个山里住的小孩胡吹著小喇叭,烦著我睡不著,同时也有一个穿大布裥子手拿长烟管的一位先生(我只当他是山里居民),手拿著一爿煤块在石柱子的后背画著,我过去一看,原来他画上了一副对子。我真冒失,问他是不是成句,讨他"钝了"我一下,他下面署名莫愁子偶识,我还当他抄哪!句子颇不坏,你看如何——

鹤今何往,为梅递书,邀雪同来;

亭已预约,招湖入画,待月作伴。

我也不便再罗嗦他。后来我们出去的时候,还见他提着烟竿,在松竹间□扬著——他倒真是一个山中人哩!路上碰著阵头雨,躲进壶春楼嚼鲈鱼,看雨景,你还记得那晚上我与你与经农在路旁吃喝,一面太阳下去,一面满月上来,一边金光(你对著),一边银光(我对著),有一只长形方头的湖泥船在激动著的波光里黏着一方媚极的"雪罗霭",摇著一对长篙的网夫子无声的拉著泥吗?那只最有诗意的船我这次又见了。

我看你的灵魂也永远让西湖的月华染上了一层浅色,要不然你那来这些 Sweet Melancholy 的情调?

你编一本词选正合式,你有你的 Fine taste 与 critical insight,狠少人有的,我预祝你的成功,但你要我做序,我希望你不是开顽笑。我不懂得词,我不会做词,我背不得词谱,连小令的短调子都办不了。我疑心我的耳朵是粗鲁的,只会听鼓声雷声角声鸦声海声松声;或是爽性静默的妙景倒也能理会;——但那玲珑玉,玉玲珑,后庭前庭的劲儿我可没有得耐心。你要我懂,你得好好的先拜我做学生(就是说我拜你做先生)——但是离著做词选的序文怕是狠……狠远著哩!你,我可懂得;假如你的书名是《三百首好词——胡适选》,我至少能序下半段——序胡适选这三个字,你信不信?你知道张君劢、Jena 的 Romance,蒋百里要替他做张君劢的文艺复兴;现在你的诗情也大有文艺复兴的味儿,我以为何妨再开放一点儿——把你的 shadowy hints 化成 gamine expression,把 faint adumbration 变成 positine delineation——情真即是诗真。我又发明了一个方式,就是"Mental conflict is the mother of creation",这是难得有的,休教他闷烂了。

再讲词。词的魔力我也狠觉得,所以我不狠敢看。你说词的好处是(1)影像之清明,(2)音节之调谐,(3)字句之省俭;我以为词的特点是他的 Obvious prettihess which is at once a virtue and a vice。因为大多数的词都能符合你的三个条件,但他们却不是诗——Contain little~no poetry. Verbal beauty often enough was grenades for true expression of feeling and though,which is something more than most skillful texture of lingustical symbols.Therefore great writers are always masters of words,while lesser writers are either enslaved by or addicted of——eg. Oscar Wilde——words,with the probable consequence that whatever creativeness then is in them might well under their crushing tyranny.

我每次念词总觉得他似乎是 sort of acrobatic art in literature:so agile,so nimble,so sophisticaled,so very pretty in sight.Indeed "prettiness in sight"accounts for so many things in literature and art that fascinate and——our taste,which is closer scruting,however,are formed to be composed of all but vaporous substance.But acrobatic art can never be art in the sense sculpture and music and poetry is art.这当然并不是说词当不

徐志摩谈文学创作

得真艺术的评价，但因为你以为可当今日新诗的灵药，我所以怀疑他的"万应"，是药多少免不了有毒性，做医生的应该谨慎些才是。但我还是说你是最合格选词的，因为你两面都看得见，你自己当然有一篇Apologia不是，做了没有？

好极了，你们又鼓起了做戏的热心，你早说我早到北京了！现在总得过正月廿七，大约二月初总可以会面。我有的是热的心，现在真是理想的机会了。

百里一来我们的《理想》又变了面目，前天在上海决定改组周刊，顶你的《努力》的缺，想托亚东代理，但汪先生在芜湖不曾见面。他们要把这事丢在我身上，我真没有把握，但同时也狠想来试试，你能否帮忙，我也想照你《读书杂志》的办法，月初或月尾有增刊，登载长篇论文与译述创作。君劢已经缩小了他的"唯"字的气焰，我要他多做政治学的文章。这事如其有头绪至早也得四月露面，以后再与你详谈。

孟邹屡次催促《曼殊斐儿集》，你的份儿究竟怎样了，我有信给西滢，他也不回音，请你与他赶快了愿才是!!

你的真光见徽我早知道了，多谢你见。

候候你的一家门，你的女儿好了没有。

志摩　正月十七

载《胡适遗稿及秘藏书信》第32册，黄山书社1994年12月版

南国的精神

南国是国内当代唯一有生命的一种运动,我们要祝颂它。它的产生,它的活动,它的光影,都是不期然的,正如天外的群星,春野的花,是不期然的。生命,无穷尽的生命,在时代的黑暗中迸裂,迸裂成火,迸裂成花,但大都只见霎那的闪耀,依然陨灭于无际的时空。

南国至少是一个有力的彗星,初起时它也只是有无间的一点星芒,但它的光是继续生长继续明亮继续盛开,在短时期内它的扫荡的威棱已然是天空的一个异象。

南国的浪漫精神的表现——人的创造冲动为本体争自由的奋发,青年的精灵在时代的衰朽中求解放的征象。

从苦闷中见欢畅,从琐碎见一致,从穷困见精神——南国是健全的;一群面目黧黑衣着不整的朋友,一小方仅容转侧的舞台,三五人叱嗟立办的独幕剧——南国的独一性是不可错误的;天边的雁阵,海波平处的晚霞,幽谷里一泓清浅灵泉,一个流浪人思慕的歌吟,他手指下震颤着的弦索,仙人掌上俄然擎出的奇葩——南国的情调是诗的情调,南国的音容是诗的音容。

Jugendbewegen——Jugendbewegen——

徐志摩谈文学创作

　　附注：我要替南国同志向《上海画报》主撰钱芥尘先生道谢，承他的好意南国得能发刊这期的特刊，我们尤其要多谢杨吉孚先生，他最早发起这个意思并且冒着大暑天从杨树浦往回至再，都为接洽特刊的事情。

七月二十七日

载上海《上海画报》第 492 期(1929 年 7 月 30 日)

一封公开信

伏庐兄:

　　徐志摩主张废弃新圈点! 我自己听了都吓了一大跳。承副刊投稿诸君批评与责问,我又不得不来说几句话了。

　　我年初路过上海时,柯一岑君问我要稿子,我说新作没有,在国外时的烂笔头倒不少,我就打开一包稿子,请他选择,看到《康桥西野暮景》(见《学灯》七月七日)我就说这诗很糟,只是随口曲,前面一段序,也是无所谓的,(那时我正在看 James Joyce 哄动一时的 Ulysses 所以乘兴写了下来,)不要登吧,后来他还是一起拿了去,陆续在《学灯》上发表。除了《康桥再会罢》那首长诗,颠前倒后的错的实在太凶,曾经有信去更正过,此外我就很少看见,因为我没有定报。就是这次的诗,我见了《晨报》才知道登在《学灯》。我找来看时,只见无数的错字,(《晨报副刊》的校对实在应受恭维;上次《学灯》登我那首康桥,错讹至于不可读,最可笑把母亲的代名词,印做"它"!)所有的外国字,不用说,全让印得不认识了,偏偏碰了巧那几个外国名字却是很紧要,因为我"一部分的诗文可废(不是可废,而是不必要)圈点"的意见,是完全根据于那几位作者的作品的,我现在再来说一遍。一部是 George Moore 的Brook Kerith, 圈点符号还是有

79

的；一部是 James Joyce 的 Ulysses,（前六百数十页也还分章节有符号的,最后的百余页,才是绝对的不分章节,无句头大写,无一切的符号。）

这是文字里见所未见的新意境,我当时随意用什么牛酪呀,大理石呀,瀑布呀,白罗呀,等等的意象去形容他散文的美,只是瞎扯,绝对不曾说出他原文真妙处之所在,犹之用"此曲只应天上有……"等等去形容喀拉士拉的梵和琳,只是等于不曾形容!

我是根据于这两位大文学家的试验,觉得任何文字内蕴的宽紧性(Elasticity)实在是纯粹文学进化的秘密所在(比如 The English Bible 与 Walt Whitman 的诗)。中国文字因为形似单音的缘故,宽紧性最不发达,所以离纯粹散文的理想也是最远;新近赵元任改良汉字的主张,很可注意,因为我个人觉得"罗马字化"至少有两个好处,一是规复我所谓文字内蕴的宽紧性,一是启露各个字音乐的价值——这两层我以为是我们未来的文学很重要的问题。

这是重要的问题,但我的能力只能提出,不能解决。这是应得讨论的,因为是文学改良的建设方向,不是奖励说废话的空题目。

现在回到圈点的问题。我相信我并不曾主张无条件的废弃圈点,至少我自己是实行圈点的一个人。一半是我自己的笔滑,一半也许是读者看文字太认真了,想不到我一年前随兴写下的,竟变成了什么"主张",不,我并不主张废弃圈点。圈点问题虽小,我如其果然有主张时,也应得正式写一篇文字,题目什么都可以,但决不会是《康桥西野暮景》,这是很明显的。

就是我所谓一部分的诗文可以不用圈点,也决不是主张回到从前浑混的旧办法去,决不是 Anachronism;我只说"可以不凭借符号的帮助的纯粹散文,是一个理想;这个理想现在有好几位文学家要想法来实现,比如 Joyce 已经试验出可惊的成绩。这种创造的精神,我们不应得不注意的,虽则我们文学的现况还很幼稚,够不上跑得这么快"。

这是我的主张,如其你们硬要派我主张这样或那样。至于一般的新圈点之应用,我又不发疯,我来反对干什么;我连女子参政,自由恋爱,社会主义……都不反对哪!

伏庐,乘便我要声明一个可笑的误会。"西滢"写了一篇剧评,我后面附了几句,听说一般人都疑心全篇是我做的,因此认定我徐志摩是反对现有的艺术的新剧的,因此认定徐志摩是崇拜梅兰芳的,还有这样那样种种的见解都一张张像捕苍蝇纸似的粘到我身上来。伏庐你至少应该明白,徐志摩不配那么的上流也不会那么的下流。想象是公有的一种能力:诗人就运用来做诗,画家就运用来作画,马克斯就运用来写 Das Kapital,列宁就运用来制造苏维埃,黎元洪就运用来发五路讨贼总司令的命令,嫉妒的妻子就运用来揣摩丈夫在外面荒唐的情形,——一般人就运用来无中生有的揣详附会,要没有这群人的帮助,我们就看不成新闻纸。我们当然不怪嫌他们,也许我们还应得感谢他们。但《晨报》的副刊,比较的有文艺的色彩;所以我劝你,伏庐,选稿时应得有一个标准:揣详附会乃至凭空造谎都不碍事,只要有趣味——只要是"美的"——这是编辑先生,我想,对于读者应负的责任。

我还要声明一句,我发表的文字到现在为止总是签名的,不是志摩就是徐志摩,此后也许用一个"摩"字,此外的名字我都不负责任:我听说近来有用假名骂人的"新文化",但我自己相信我情愿永远留在"化"外,我爱惜我自己,也爱惜代表我的名字,更爱惜表现我的文字。

七月十八日

载北京《晨报副刊》1923 年 7 月 22 日

81

我为什么来办 我想怎么办

我早就想办一份报,最早想办《理想月刊》,随后有了"新月社"又想办新月周刊或月刊;没有办成的大原因不是没有人,不是没有钱,倒是为我自己的"心不定":一个朋友叫我云中鹤,又一个朋友笑我"脚跟无线如蓬转",我自己也老是"今日不知明日事"的心理,因此这几年只是虚度,什么事都没办成,说也惭愧。我认识陈博生,因此时常替《晨报》写些杂格的东西。去年黄子美随便说起要我去办副刊,我听都没有听;在这社会上办报本来就是没奈何的勾当,一个月来一回比较还可以支持,一星期开一次口已经是极勉强了,每天要说话简直是不可思议——垃圾还可以当肥料用,拿泻药打出来的烂话有什么去路!我当然不听。三月间我要到欧洲去,一班朋友都不肯放我走,内中顶蛮横不讲理的是陈博生与黄子美,我急了只得行贿,我说你们放我走我回来时替你们办副刊,他们果然上了当立刻取销了他们的蛮横,并且还请我吃饭饯行。其实我只是当笑话说,那时赌咒也不信有人能牵住我办日报,我心想到欧洲去孝敬他们几封通信也就两开不是?七月间我回来了,他们逼着我要履行前约,比上次更蛮横了,真像是讨债。有一天博生约了几个朋友谈,有人完全反对我办副刊,说我不配,像我这类人只配东飘西荡的偶尔挤出几首小诗来给他们解解闷也就完事一宗；有人进一步说不仅反对我办副刊并且副刊这办法根本就要不得，早几年许是一种投机，现在可早该取销了。那晚陈通伯也在座，他坐着不出声，听到副刊早就该死的话他倒说话了，他说得俏皮，他说他本来也不赞成我办副刊的，他也是最厌恶副刊的一个；但为要处死副刊，趁早扑灭这流行病，他倒换了意见，反而赞成我来办《晨报副刊》，第一步逼死别家的副刊，第二步掐死自己的副刊，从此人类可永免副刊的灾殃。他话是俏皮可是太恭维我了；倒像我真有能力在掐死自己之前逼死旁人似的！那晚还是无结果。后来博生再拿实际的利害来引诱我，他说你还不是成天想办报，但假如你另起炉灶的话，管你理想不理想，新月不新月。第一件事你就得准备贴钱，对不对？反过来说，副刊是现成的，你来我们有薪水给你，可以免得做游民，岂不是一举两得！这利害的确是很分明，我不能不打算了；但我一想起每天出一张的办法还是脑袋发胀，我说我也愿意帮忙，但日刊其实太难，假如晨报周刊或是甚至三日刊的话，我总可以商量……这来我可被他抓住了，他立即说好，那我们就为你特别想法，你就管三天的副刊那总合式了。我再不好意思拒绝，他们这样的恳切。过一天他又来疏通说三天其实转不过来，至少得四天。我说那我只能在字数里做申缩，我想尽我能力的限度只能每周管三万多字，实在三天匀不过来的话，那我只能把三天的材料摊成四份，反正多少不是好歹的标准不是？他说那就随你了。这来笑话就变成了实事，我自己可想不到的。但同时我又警告博生，我说我办就办，办法可得完全由我，我爱登什么就登什么，万一将来犯什么忌讳出了乱子累及《晨报》本身的话，只要我自以为有交代，他可不能怨我；还有一层，在他虽则看起我，以为我办不至于怎样的不堪,但我自问我决不是一个会投机的主笔,迎合群众心理,我是不来的,谀附言论界的权威者我是不来的,取媚社会的愚暗与褊浅我是不来的;我来只认识我自己,只知对我自己负责任,我不愿意说的话你逼我求我我都不说的,我要说的话你逼我求我我都不能不说的:我来就是个全权的记者,但这来为他们报纸营业着想却是一个问题。因为我自信每回我说话比较自以为像话的时候,听得进听得懂的读者就按比例的减少;一个作者往往因为不肯牺牲自己思想的忠实结果暗伤读者的私心,这也是应得虑到的,所以我来接手时即使不闹大乱子也难免使一部分读者失望的危险(这就是一个理由日报不应该有副刊),你不久许曾听着各方面的抱怨,说"从前的副刊即使不十分出色总还是妥妥帖帖看得过去,这来你瞧尽让一个疯子在那里说疯话,我们可没有闲工夫来消化,我们再也不请教副刊了"。本来报纸这东西是跟着平民主义工商文明一套来的;现代最大的特色是一班人心灵的疲懒;教一个人能自己想,是教育最后的成功,但一班人与其费脑力想还不如上澡堂躺着打盹去,谁愿意想来?反面说有思想人唯一的目标是要激动一班人的心灵活动,他要叫你听了他的话不舒服,不痛快,逼着你张着眼睛看,骂着你领起精神想;他不来替你出现成的主意像政府的命令,或是说模棱两可的油话,像日报上的社论,或是通知你某处有兵打架某处有草棚子着火,像所有的新闻;他不来替你菜蔬里添油,不来替你铺地毯省得你脚心疼;他第一叫你难受;第二叫你难受,第三还是叫你难受。这样的人来办报在营业上十九是不免失败的。也许本来这思想的事业是少数人的特权与天职;报纸是为一班人设的,这就根本不能与思想做紧邻。但这番话读者你也许说对。我们那位大主笔先生还是不信,他最后一句话是"你来办就得了"!

所以我不能不来试试。同时我自己也并不感觉我说话的卤莽；《晨报副刊》嘿！说起来头大着哩！你们不见《晨报》的广告上说什么"思想的前驱"，这大约是指副刊的。因为我们不能在正张新闻里找思想，更不能在经济界什么界里找前驱。不，我也很知道晨副过去光荣的历史，现在谁知道却轮着我来续貂！所以假如我上面的话有地方犯什么亵渎或夸口的嫌疑，我赶快在这里告无心的罪；我这一条臂膀能有多大能耐，能举起多少分量？不靠朋友帮忙是做不成事的，我也很放心是我的朋友（相识或不相识）决不会袖手的，要不然我那敢冒昧承当这副重担；我只盼望我值得你们的帮忙。这回封面广告的大字是"副刊的提高及革新"，那大概是营业部拟的启事，我并没有那样的把握，革新还可以说，至少办事方面换了手，印刷方面也换了样那就是革新，提高的话可就难说了，我就不明白高低的标准在那里，我得事前声明；我知道的只是在我职期内尽我的力量来办就是。

我自己是不免开口，并且恐怕常常要开口，不比先前的副刊主任们来得知趣解事，不到必要的时候是很少开口的。我盼望不久就有人厌弃我，这消息传到了我的上司那边，我就有恢复自由的希望了！同时我约了几位朋友常常替我帮忙。我特别要介绍我们朋友里最多才多艺的赵元任先生，他从天上的星到我们肠子里的微菌，从广东话到四川话，从音乐到玄学，没有一样不精；他是一个真的通人；但他顶出名的是他的"幽默"，谁要听赵先生讲演不发笑他一定可以进圣庙吃冷肉去！我想给他特开一栏，随他天南地北的乱说，反正他口里没有没趣味的材料。他已经答应投稿；但我为防他懒，所以第一天就替他特别登广告，生生的带住了他再说。老话说的"一将难求"，我这才高兴哪！此外前辈方面，梁任公先生那杆长江大河的笔是永远流不尽的，我们这小报也还得占光他的润泽。张奚若先生，先前《政治学报》的主笔，是一位有名的炮手；我这回也特请他把他的大炮安在顺治门大街的后背。金龙荪傅孟真罗志希几位先生此时还在欧洲，他们的文章我盼望不久也会来光我们的篇幅。我们特请姚茫父余越园先生谈中国美术，刘海粟钱稻孙邓以蛰诸先生谈西洋艺术；余上沅赵太侔先生谈戏剧，闻一多先生谈文学；翁文灏任叔永诸先生专撰科学的论文，萧友梅赵元任先生谈西洋音乐。李济之先生谈中国音乐，上海方面我亲自约定了郭沫若吴德生张东荪诸先生随时来稿；武昌方面，不用说，有我们钟爱的郁达夫与杨金甫。陈衡哲女士也到北京来了，我们常可以在副刊上读她的作品，这也是个可喜的消息；我此时是随笔列举，并不详备；至于我们日常见面的几位朋友，如西林西滢胡适之张歆海陶孟和江绍原沈性仁女士凌叔华女士等更不必我烦言，他们是不会旷课的，万一他们躲懒我要叫他们知道我的夏楚厉害！新近的作者如沈从文焦菊隐于成泽钟天心陈铸鲍廷蔚诸先生也一定当有崭新的作品给我们欣赏。宗白华先生又是一位多方面的学者，他新从德国回来，一位江西谢先生快从法国回来，专研文学的；我盼望他们两位也可以给我们帮助。

这是就我个人相知的说，我们当然更盼望随时有外来精卓的稿件，要不然我们虽则有上面一大串的名字，还是不易支持的。酬报是个问题；我是主张一律给相当酬润的，但据陈博生先生说《晨报》的经济也很支绌，假如要论文付值的话报馆破产的日子就不在远，我也知道他们的困难，但无论如何我总想法不叫人家完全白做，虽则公平交易的话永远说不上；这一点我倒立定主意想提高，多少不论；靠卖文过活的不必说。拿到一点酬报可以多买一点纸笔，就是不介意稿费的，拿到一点酬劳也算是我们家乡话说的一点"希奇子"，可以多买几包糖炒良乡吃。同时我当然不敢保证进来的稿件都有登的希望，虽则难免遗珠，我这里选择也不得不谨慎，即使我极熟的朋友的来件也一样有得到"退还不用"的快乐。我预先声明保留这点看稿的为难的必要；我永远托庇你们的宽容。

载北京《晨报副刊》1925 年 10 月 1 日

徐志摩谈文学创作

迎上前去

这回我不撒谎,不打隐谜,不唱反调,不来烘托;我要说几句至少我自己信得过的话,我要痛快的招认我自己的虚实,我愿意把我的花押画在这张供状的末尾。

我要求你们大量的容许我,在我第一天接手《晨报副刊》的时候,介绍我自己,解释我自己,鼓励我自己。

今天碰巧是我这辈子一个转向的日子,我新近经验过在我算是严重、惨刻、极痛心的经验:这经验撼动我全身的纤维,像大风摇动一株孤立的树,在这剧震中谁知道掉下了多少不曾焦透的叶子?但我却因此得到一种心地的清明,近年来不曾尝味过的;因此我敢放胆的说我要说的话:我的呼吸这时候是洁净的,我的嗓音是浏亮的,像大风雨后的空气,原有的芜秽与杂质都叫大自然的震怒洗刷一个净尽,我此时觉着在受重伤的过去的我里,重新透出了一团新来的勇气,一部新来的健康;一个更确定的我,更倔强的我,更有力的我。

我相信真的理想主义者是受得住眼看他往常保持着的理想萎成灰,碎成断片,烂成泥,在这灰这断片这泥的底里他再来发现他更伟大更光明的理想。我就是这样的一个。

只有信生病是荣耀的人们才来不知耻的高声嚷痛，这时候他听着有脚步声，他以为有帮助他的人向着他来，谁知是他自己的灵性离了他去！真有志气的病人，在不能自己豁脱苦痛的时候，宁可死休，不来忍受医药与慈善的侮辱。我又是这样的一个。

我们在这生命里到处碰头失望，连续遭逢"幻灭"，头顶只见乌云，地下满是黑影；同时我们的年岁，病痛，工作，习惯，恶狠狠的压上我们的肩背，一天重似一天，在无形中嘲讽的呼喝着："倒，倒，你这不量力的蠢才！"因此你看这满路的倒尸，有全死的，有半死的，有爬着挣扎的，有默无声息的……嘿！生命这十字架，有几个人抗得起来？

但生命还不是顶重的担负，比生命更重实更压得死人的是思想那十字架。人类心灵的历史里能有几个天成的孟贲乌育？在思想可怕的战场上我们就只有数得清有限的几具光荣的尸体。

我不敢非分的自夸；我不够狂，不够妄。我认识我自己的力量的止境，但我却不能制止我看了这时候国内思想界萎瘪现象的愤懑与羞恶。我要一把抓住这时代的脑袋，问他要一点真思想的精神给我看看——不是借来的税来的冒来的描来的东西，不是纸糊的老虎，摇头的傀儡，蜘蛛网幕面的偶像；我要的是筋骨里迸出来，血液里激出来，性灵里跳出来，生命里震荡出来的真纯的思想。我不来问他要，是我的懦怯；他拿不出来给我看，是他的耻辱。朋友，我要你选定一边，假如你不能站在我的对面，拿出我要的东西来给我看，你就得站在我这一边，帮着我对这时代挑战。

我预料有人笑骂我的大话。是的，大话。我正嫌这年头的话太小了，我们得造一个比小更小的字来形容这年头听着的说话，写下印成的文字；我们得请一个想像力细致如史魏夫脱（Dean Swift）的来描写

89

那些说小话的小口,说尖话的尖嘴。一大群的食蚁兽!他们最大的快乐是忙着他们的尖喙在泥土里垦寻细微的蚂蚁。蚂蚁是吃不完的,同时这可笑的尖嘴却益发不住的向尖的方向进化,小心再隔几代连蚂蚁这食料都显太大了!

我不来谈学问,我不配,我书本的知识是真的十二分的有限。年轻的时候我念过几本极普通的中国书,这几年不但没有知新,温过都说不上,我实在是固陋,但我却抱定孔子的一句话"知之为知之,不知为不知,是知也",决不来强不知为知;我并不看不起国学与研究国学的学者,我十二分的尊敬他们,只是这部分的工作我只能艳羡的看他们去做,我自己恐怕不但今天,竟许这辈子都没希望参加的了。外国书呢?看过的书虽则有几本,但是真说得上"我看过的"能有多少,说多一点,三两篇戏,十来首诗,五六篇文章,不过这样罢了。

科学我是不懂的,我不曾受过正式的训练,最简单的物理化理,都说不明白,我要是不预备就去考中学校,十分里有九分是落第,你信不信! 天上我只认识几颗大星,地上几棵大树;这也不是先生教我的;先生那里学来的,十几年学校教育给我的,究竟有些什么,我实在想不起,说不上,我记得的只是几个教授可笑的嘴脸与课堂里强烈的催眠的空气。

我人事的经验与知识也是同样的有限,我不曾做过工,我不曾尝味过生活的艰难,我不曾打过仗,不曾坐过监,不曾进过什么秘密党,不曾杀过人,不曾做过买卖,发过一个大的财。

所以你看,我只是个极平常的人,没有出人头地的学问,更没有非常的经验。但同时我自信我也有我与人不同的地方。我不曾投降这世界。我不受它的拘束。

我是一只没笼头的野马，我从来不曾站定过。我人是在这社会里活着，我却不是这社会里的一个，像是有离魂病似的，我这躯壳的动静是一件事，我那梦魂的去处又是一件事。我是一个傻子：我曾经妄想在这流动的生里发现一些不变的价值，在这打谎的世上寻出一些不磨灭的真，在我这灵魂的冒险是生命核心里的意义；我永远在无形的经验的巉岩上爬着。

冒险——痛苦——失败——失望，是跟着来的，存心冒险的人就得打算他最后的失望；但失望却不是绝望，这分别很大。我是曾经遭受失望的打击，我的头是流着血，但我的脖子还是硬的；我不能让绝望的重量压住我的呼吸，不能让悲观的慢性病侵蚀我的精神，更不能让厌世的恶质染黑我的血液。厌世观与生命是不可并存的；我是一个生命的信徒，初起是的，今天还是的，将来我敢说，也是的。我决不容忍性灵的颓唐，那是最不可救药的堕落，同时却继续躯壳的存在；在我，单这开口说话，提笔写字的事实就表示后背有一个基本的信仰，完全的没破绽的信仰；否则我何必再做什么文章，办什么报刊？

但这并不是说我不感受人生遭遇的痛创；我决不是那童骏性的乐观主义者；我决不来指着黑影说这是阳光，指着云雾说这是青天，指着分明的恶说这是善；我并不否认黑影，云雾与恶，我只是不怀疑阳光与青天与善的实在；暂时的掩蔽与侵蚀不能使我们绝望，这正应得加倍的激动我们寻求光明的决心。前几天我觉着异常懊丧的时候无意中翻着尼采的一句话，极简单的几个字却涵有无穷的意义与强悍的力量，正如天上星斗的纵横与山川的经纬在无声中暗示你人生的奥义，祛除你的迷惘，照亮你的思路，他说"受苦的人没有悲观的权利"(The sufferer has no right to pessimism)，我那时感受一种异样的惊心，一种异

91

样的彻悟：

> 我不辞痛苦，因为我要认识你，上帝；
> 我甘心，甘心在火焰里存身，
> 到最后那时辰见我的真，
> 见我的真，我定了主意，上帝，再不迟疑！

所以我这次从南边回来，决意改变我对人生的态度，我写信给朋友说这来要来认真做一点"人的事业"了：

> 我再不想成仙，蓬莱不是我的分；
> 我只要这地面，情愿安分的做人。

在我这"决心做人，决心做一点认真的事业"，是一个思想的大转变；因为先前我对这人生只是不调和不承认的态度，因此我与这现世界并没有什么相互的关系，我是我，它是它，它不能责备我，我也不来批评它。但这来我决心做人的宣言却就把我放进了一个有关系，负责任的地位，我再不能张着眼睛做梦。从今起得把现实当现实看：我要来察看，我要来检查，我要来清除，我要来颠扑，我要来挑战，我要来破坏。

人生到底是什么？我得先对我自己给一个相当的答案。人生究竟是什么？为什么这形形色色的，纷扰不清的现象——宗教，政治，社会，道德，艺术，男女，经济？我来是来了，可还是一肚子的不明白，我得慢慢的看古玩似的，一件件拿在手里看一个清切再来说话，我不敢保证我的话一定在行，我敢担保的只是我自己思想的忠实；我前面说过我的学识是极浅陋的，但我却并不因此自馁，有时学问是一种束缚，知识是一层障碍，我只要能信得过我能看的眼，能感受的心，我就有我的话说；至于我说的话有没有人听，有没有人懂，那是另外一件事我管不着了——"有的人身死了才出世的"，谁知道一个人有没有真的出世那一天？

　　是的，我从今起要迎上前去！生命第一个消息是活动，第二个消息是搏斗，第三个消息是决定；思想也是的，活动的下文就是搏斗。搏斗就包含一个搏斗的对象，许是人，许是问题，许是现象，许是思想本体。一个武士最大的期望是寻着一个相当的敌手，思想家也是的，他也要一个可以较量他充分的力量的对象，"攻击是我的本性，"一个哲学家说，"要与你的对手相当——这是一个正直的决斗的第一个条件。你心存鄙夷的时候你不能搏斗。你占上风，你认定对手无能的时候你不应当搏斗。我的战略可以约成四个原则——第一，我专打正占胜利的对象——在必要时我暂缓我的攻击等他胜利了再开手。第二，我专打没有人打的对象，我这边不会有助手，我单独的站定一边——在这搏斗中我难为的只是我自己。第三，我永远不来对人的攻击——在必要时我只拿一个人格当显微镜用，借它来显出某种普遍的，但却隐遁不易踪迹的恶性。第四，我攻击某事物的动机，不包含私人嫌隙的关系，在我攻击是一个善意的，而且在某种情况下，感恩的凭证。"

　　这位哲学家的战略，我现在僭引作我自己的战略，我盼望我将来不至于在搏斗的沉酣中忽略了预定的规律，万一疏忽时我恳求你们随时提醒。我现在戴我的手套去！

载北京《晨报副刊》1925 年 10 月 5 日

93

《剧刊》始业

歌德(Goethe)一生轻易不生气,但有一次他真的恼了。他当时是槐马(Weimar)剧院的"总办",什么事都得听他指挥,但有一天他突然上了辞职书,措辞十分的愤慨。为的是他听说"内庭"要去招一班有名的狗戏到槐马来在他的剧场里开演! 这在他是一种莫大的耻辱,绝对不能容忍。什么?哈姆雷德,华伦斯丹,衣飞琴妮等出现的圣洁的场所,可以随便让狗子们的蹄子给踹一个稀脏!

我们在现代的中国却用不著着急。戏先就是游戏,唱戏是下流,管得台上的是什么蹄子? 这"说不得"的现象里包含的原因当然是不简单,但就这社会从不曾把戏剧看认真,在他们心目中从没有一个适当的"剧"的观念的一点,就够碍路。真碍路!同时我们回过头来想在所谓创作界里找一个莫利哀,一个莎士比亚,一个席勒,一个槐格纳,或是一个契诃甫的七分之一的影子……一个永远规不正的圈子,那头你也拿不住。

这年头,这世界也够叫人挫气,那件事不是透里透? 好容易你从你冷落极了的梦底里捞起了一半轮的希望,像是从山谷里采得了几茎百合花,但是你往那里安去,左右没有安希望的瓶子,也没有养希望的净水，眼看这鲜花在你自己的手上变了颜色，一瓣瓣的往下萎，黄了，焦了，枯了，吊了，结果只是伤惨！

谁说我们这群人不是梦人，不是傻子？但在完全决别我们的梦境以前，在完全投降给绝望以前，我们今天又捞著了一把希望的鲜花，最后的一把，想拿来供养在一个艺术的瓶子里，看它有没有生命的幸运。这再要是完事，我们也就从此完事了。

戏剧是艺术的艺术。因为它不仅包含诗，文学，画，雕刻，建筑，音乐，舞蹈各类的艺术，它最主要的成分尤其是人生的艺术。古希[腊]的大师说艺术是人生的模仿，近代的评衡家说艺术是人生的批评：随你怎样看法，那一样艺术能有戏剧那样集中性的，概包性的，"模仿"或是"批评"人生？如其艺术是激发乃至赋与灵性的一种法术，那一样艺术有戏剧那样打得透，钻得深，摇得猛，开得足？小之震荡个人的灵性，大之摇撼一民族的神魂，已往的事绩曾经给我们明证，戏剧在各项艺术中是一个最不可错误的势力。

但戏是要人做，有舞台来演的；戏尤其是集合性的东西，你得配合多数人不同的努力才可以收获某种期望的效果，不比是一首诗或是一幅画可能由一个人单独做成的。先不说它那效力有多大，一个戏的成功是一件极复杂，极柔纤，极繁琐，不容有一丝漏缝的一种工作：一句话声调的高矮，一盏灯光线的强弱，一种姿势的配合，一扇门窗的位置，在一个戏里都占有不容含糊的重要。这幻景，这演台上的"真"，是完全人造的，但一极小部分的不到家往往可以使这幻景的全体破裂。这不仅是集合性的艺术，这也是集合性的技术。技术的意思是够格的在行。

我们有几个朋友,对于戏剧的技术(不说艺术)多少可以说是在行,虽则够格不够格还得看下文。我们想合起来做一点事。这回不光是"写"一两个剧本,或是"做"一两次戏就算完事;我们的意思是要在最短的期内办起一个"小剧院"——记住,一个剧院。这是第一部工作;然后再从小剧院作起点,我们想集合我们大部分可能的精力与能耐从事戏剧的艺术。我们现在已经有了小小的根据地,那就是艺专的戏剧科,我们现在借晨副地位发行每周的《剧刊》,再下去就盼望小剧院的实现。这是我们几个梦人梦想中的花与花瓶。我这里单说我们这《剧刊》是怎么回事。

第一是宣传:给社会一个剧的观念,引起一班人的同情与注意,因为戏剧这件事没有社会相当助力是永远做不成器的。第二是讨论:我们不限定派别,不论那一类表现法,只要它是戏剧范围内的,我们都认为有讨论的价值,同时,当然,我们就自以为见得到的特别拿来发挥,只是我们决不在中外新旧间在讨论上有什么势利的成心。第三是批评与介绍:批评国内的剧本,已有的及将来的;介绍世界的名著。第四是研究:关于剧艺各类在行的研究,例如剧场的布置,配景学,光影学,导演术等等,这是大概;同时我们也征求剧本,虽则为篇幅关系,不能在本刊上发表。我们的打算另出<u>丛</u>书,印行剧本以及论剧的著作,详细的办法随后再发表。

最后我个人还有一点感想。我今天替《剧刊》闹场,不由的不记起三年前初办新月社时的热心。最初是"聚餐会",从聚餐会产生"新月社",又从新月社产生"七号"的俱乐部,结果大约是"俱不乐部"!这来切题的唯一成绩就只前年四月八日在协和演了一次泰谷尔的《契玦璔》,此后一半是人散,一半是心散,第二篇文章就没有做起。所以在事实上看分明是失败,但这也并不是无理可说:我们当初凭藉的只是一股空热心,真在行人可是说绝无仅有——只有张仲述一个。这回我的胆又壮了起来也不是无理可说,因这回我们不仅有热心,加倍的热心,并且有真正的行家,这终究是少不了的。阿,我真高兴,我希望——但这是不用说的。说来我自己真叫是惭愧,因为我始终只是一介摇旗呐喊的小兵。我于戏是一个嫡亲外行,既不能编,又不能演,实际的学问更不必问:我是绝对的无用的一个,阿,但是,要是知道我的热心,朋友,我的热心……

端午节后一日

载北京《晨报副刊·剧刊》第 1 期(1926 年 6 月 17)

《剧刊》终期

凋零：又是一番秋信。天冷了。阶前的草花有焦萎的，有风刮糊的，有虫咬的；剩下三两茎还开着的也都是低着头，木迟迟的没一丝光彩。人事亦是一般的憔悴。旧日的荣华已呈衰象，新的生机，即使有，也还在西风的背后。这不是悲观，这是写实。前天正写到刘君梦苇与杨君子惠最可伤的夭死，我们的《诗刊》看来也绝少复活的希冀，在本副刊上，或是在别的地方。闻一多与饶孟侃此时正困处在锋镝丛中，不知下落。孙子潜已经出国。我自己虽则还在北京，但与诗久已绝缘，这整四月来竟是一行无著，在醒时或在梦中。诗刊是完了的。

《剧刊》的地位本是由《诗刊》借得，原意暑假后交还，但如今不但《诗刊》无有影踪，就《剧刊》自身也到了无可维持的地步。这终期多少不免凄恻的尾声，不幸又轮着我来演唱。《剧刊》同人本来就少，但人少不碍，只要精神在，事情就有着落；剧刊初起的成功是全仗张君嘉铸的热心；他是我们朋友中间永远潜动着的"螺轮"，要不是他，笔懒人骨的太侔，比方说，就不会写下这许多篇的论文。上沅的功劳是不容掩没的，这十几期剧刊的编辑苦工，几乎是他单独扛着的，他自己也做了最多的文章，我们不能不感谢他。但他也要走了。太侔早已在一月前离京;这次上沅与叔存又为长安的生活难,不得已相偕南下,另寻饭啖去。所以又是一个"星散";留着的虽还有嘉铸与新来的佛西,但我们想来与其勉强,不如暂行休息。我自己也忝算《剧刊》同人的一个,但是说来惶恐,我的无状是不望宽恕的;在《剧刊》期内有一个多月我淹留在南方,一半也为是自顾阙然,不敢信口胡诌;一半当然是躲懒,他们在预定的计划上派给我做的文章,除了最初闹场与此次收场而外,我简直一字也不曾交卷! 还有我们初起妄想要到几位真学问家真在行家的文章(例如丁西林先生王静庵先生以及红豆馆主先生),来光彩我们的篇幅,但我们只是太妄想了!

这篇中秋结帐的文章本应上沅写的,因为始终其事的掌柜,是他不是我,但他一定要推给我写,一半是罚的意思,决不容我躲,既然如此,我只得来勉为其难。

我已经说了《剧刊》不能不告终止的理由是为朋友们四散;但这十五期多少也算是一点工作,我们在关门的时候,也应得回头看看,究竟我们做了点什么事,超过或是不及我们开门时的期望,留下了什么影响,如其有,在一般读者的感想是怎么样,我们自己的感想又怎么样。

先说我们做了点什么事。在《剧刊》上发表的论文共有十篇:赵太侔论《国剧》,夕夕(即一多)论《戏剧的歧途》,西滢论《新剧与观众》,邓以蛰论《戏剧与道德的进化》,杨振声论《中国语言与中国戏剧》,梁实秋的《戏剧艺术辨正》,邓以蛰论《戏剧与雕刻》,熊佛西的《论剧》,余上沅论《戏剧批评》,以及冯友兰译的狄更生的论《希腊的悲剧》。批评文字有八篇:张嘉铸评艺专习演,叶崇智评辛额(J.M.Synge),余上沅评中国旧戏,张嘉铸评英国三个写剧家,萧伯纳,高斯倭绥,与贝莱勋爵,以及杨声初君的《兵变之后》与俞宗杰君的《旧戏之图画的鉴赏》。论旧戏二篇：顾颉刚君的《九十年前的北京戏剧》，与恒诗峰君的《明清以来戏剧的变迁说略》。论剧场技术的有七篇：余上沅的《演戏的困难》，戈登克雷的《戏院艺术》，该岱士的《剧场的将来》，太侔的《光影》与《布景》，舲客(即上沅)的《论表演艺术》，马楷的《小戏院之勃兴》。此外另有十几篇不易归类的杂著及附录。

载北京《晨报副刊·剧刊》第15期(1926年9月23日)

《新月》的态度

And God said, Let there be light; and there was light.

—The Genesis

If winter comes, can Spring be far behind?

—Shelley

我们这月刊题名《新月》，不是因为曾经有过什么"新月社"，那早已散消，也不是因为有"新月书店"，那是单独一种营业，它和本刊的关系只是担任印刷与发行。《新月》月刊是独立的。

我们舍不得新月这名字，因为它虽则不是一个怎样强有力的象征，但它那纤弱的一弯分明暗示著，怀抱著未来的圆满。

我们这几个朋友，没有什么组织除了这月刊本身，没有什么结合除了在文艺和学术上的努力，没有什么一致除了几个共同的理想。

凭这点集合的力量，我们希望为这时代的思想增加一些体魄，为这时代的生命添厚一些光辉。

但不幸我们正逢著一个荒歉的年头，收成的希望是枉然的。这又是个混乱的年头，一切价值的标准，是颠倒了的。

徐志摩谈文学创作

要寻出荒歉的原因并且给它一个适当的补救,要收拾一个曾经大恐慌蹂躏过的市场,再进一步要扫除一切恶魔的势力,为要重见天日的清明,要浚治活力的来源,为要解放不可制止的创造的活动——这项巨大的事业当然不是少数人,尤其不是我们这少数人所敢妄想完全担当的。

但我们自分还是有我们可做的一部分的事。连著别的事情我们想贡献一个谦卑的态度。这态度,就正面说,有它特别侧重的地方,就反面说,也有它郑重矜持的地方。

先说我们这态度所不容的。我们不妨把思想(广义的,现代刊物的内容的一个简称。)比作一个市场,我们来看看现代我们这市场上看得见的是些什么?如同在别的市场上,这思想的市场上也是摆满了摊子,开满了店铺,挂满了招牌,扯满了旗号,贴满了广告,这一眼看去辨认得清的至少有十来种行业,各有各的色彩,各有各的引诱,我们把它们列举起来看看:——

一　感伤派

二　颓废派

三　唯美派

四　功利派

五　训世派

六　攻击派

七　偏激派

八　纤巧派

九　淫秽派

十　热狂派

十一　稗贩派

十二　标语派

十三　主义派

商业上有自由，不错。思想上言论上更应得有充分的自由，不错。但得在相当的条件下。最主要的两个条件是(一)不妨害健康的原则。(二)不折辱尊严的原则。买卖毒药，买卖身体，是应得受干涉的因为这类的买卖直接违反康健与尊严两个原则。同时这些非法的或不正当的营业还是一样在现代的大都会里公然的进行——鸦片，毒药，淫业，那一宗不是利市三倍的好买卖？但我们却不能因它们的存在就说它们不是不正当而默许它们存在的特权。在这类的买卖上我们不能应用商业自由的原则。我们正应得觉到切肤的羞恶，眼见这些危害性的下流的买卖公然在我们所存在的社会里占有它们现有的地位。

同时在思想的市场上我们也看到种种非常的行业，例如上面列举的许多门类。我们不说这些全是些"不正当"的行业，但我们不能不说这里面有很多是与我们所标举的两大原则——健康与尊严——不相容的。我们敢说这现象是新来的，因为连著别的东西思想自由这观念本身就是新来的。这也是个反动的现象，因此，我们敢说，或许是暂时的。先前我们在思想上是绝对没有自由，结果是奴性的沈默；现在，我们在思想上是有了绝对的自由，结果是无政府的凌乱。思想的花式加多本来不是件坏事，在一个活力旁薄的文化社会里往往看得到，偎傍著刚直的本干，普盖的青荫，不少盘错的旁枝，以及恣蔓的藤萝。那本不关事，但现代的可忧正是为了一个颠倒的情形。盘错的，恣蔓的尽有，这里那里都是的，却不见了那刚直的与普盖的。这就比是一个商业社会上不见了正宗的企业，却只有种种不正当的营业盘据著整个的市场,那不成了笑话?

即如我们上面随笔写下的所谓现代思想或言论市场的十多种行业,除了"攻击","纤巧","淫秽"诸宗是人类不怎样上流的根性得到了自由(放纵)当然的发展,此外多少是由外国转运来的投机事业。我们不说这时代就没有认真做买卖的人,我们指摘的是这些买卖本身的可疑。碍著一个迷误的自由的观念,顾著一个容忍的美名,我们往往忘却思想是一个园地,它的美观是靠著我们随时的种植与铲除,又是一股水流,它的无限的效用有时可以转变成不可收拾的奇灾。

我们不敢附和唯美与颓废,因为我们不甘愿牺牲人生的阔大,为要雕镂一只金镶玉嵌的酒杯。美我们是尊重而且爱好的,但与其咀嚼罪恶的美艳还不如省念德性的永恒,与其到海陀罗凹腔里去收集珊瑚色的妙乐还不如置身在扰攘的人间倾听人道那幽静的悲凉的清商。

我们不敢赞许伤感与热狂因为我们相信感情不经理性的清滤是一注恶浊的乱泉,它那无方向的激射至少是一种精力的耗废。我们未尝不知道放火是一桩新鲜的玩艺,但我们却不忍为一时的快意造成不可救济的惨象。"狂风暴雨"有时是要来的,但狂风暴雨是不可终朝的。我们愿意在更平静的时刻中提防天时的诡变,不愿意借口风雨的猖狂放弃清风白日的希冀。我们当然不反对解放情感,但在这头骏悍的野马的身背上我们不能不谨慎的安上理性的鞍索。

我们不崇拜任何的偏激因为我们相信社会的纪纲是靠著积极的情感来维系的,在一个常态社会的天平上,情爱的分量一定超过仇恨的分量,互助的精神一定超过互害与互杀的动机。我们不意愿套上著色眼镜来武断宇宙的光景。我们希望看一个真,看一个正。

我们不能归附功利因为我们不信任价格可以混淆价值,物质可以替代精神,在这一切商业化恶浊化的急坂上我们要留住我们倾颠的脚步。我们不能依傍训世,因为我们不信现成的道德观念可以用作评价的准则,我们不能听任思想的矫健僵化成冬烘的臃肿。标准,纪律,规范,不能没有,但每一个时代都得独立去发见它的需要,维护它的健康与尊严,思想的懒惰是一切准则颠覆的主要的根由。

末了还有标语与主义。这是一条天上安琪儿们怕践足的蹊径。可怜这些时间与空间,那一间不叫标语与主义的芒刺给扎一个鲜艳。我们的眼是迷眩了的,我们的耳是震聋了的,我们的头脑是闹翻了的,辨认已是难事,评判更是不易。我们不否认这些殷勤的叫卖与斑斓的招贴中尽有耐人寻味的去处,尽有诱惑的迷宫。因此我们更不能不审慎,我们更不能不磨厉我们的理智,那剖解一切纠纷的锋刃,澄清我们的感觉,那辨别真伪和虚实的本能,放胆到这嘈杂的市场上去做一番审查和整理的工作。我们当然不敢预约我们的成绩,同时我们不踌躇预告我们的愿望。

这混杂的现象是不能容许它继续存在的,如其我们文化的前途还留有一线的希望。这现象是不能继续存在的,如其我们这民族的活力还不曾消竭到完全无望的地步。因为我们认定了这时代是变态,是病态,不是常态。是病就有治。绝望不是治法。我们不能绝望。我们在绝望的边缘搜求着希望的根芽。

严重是这时代的变态。除了盘错的,恣蔓的寄生,那是遍地都看得见,几于这思想的田园内更不见生命的消息。梦人们妄想着花草的鲜明与林木的葱茏。但他们有什么根据除了飘渺的记忆与想象?

但记忆与想象! 这就是一个灿烂的将来的根芽! 悲惨是那个民族,

它回头望不见一个庄严的已往。那个民族不是我们。该得灭亡是那个民族,它的眼前没有一个异象的展开。那个民族也不应得是我们。

我们对我们光明的过去负有创造一个伟大的将来的使命;对光明的未来又负有结束这黑暗的现在的责任。我们第一要提醒这个使命与责任。我们前面说起过人生的尊严与健康。在我们不曾发见更简赅的信仰的象征,我们要充分的发挥这一双伟大的原则——尊严与健康。尊严,它的声音可以唤回在歧路上彷徨的人生。健康,它的力量可以消灭一切侵蚀思想与生活的病菌。

我们要把人生看作一个整的。支离的,偏激的看法,不论怎样的巧妙,怎样的生动,不是我们的看法。我们要走大路。我们要走正路。我们要从根本上做工夫。我们只求平庸,不出奇。

我们相信一部纯正的思想是人生改造的第一个需要。纯正的思想是活泼的新鲜的血球,它的力量可以抵抗,可以克胜,可以消灭一切致病的微菌。纯正的思想,是我们自身活力得到解放以后自然的产物,不是租借来的零星的工具,也不是稗贩来的琐碎的技术。我们先求解放我们的活力。

我们说解放因为我们不怀疑活力的来源。淤塞是有的,但还不是枯竭。这些浮荇,这些绿腻,这些潦泥,这些腐生的蝇蚋——可怜的清泉,它即使有奔放的雄心,也不易透出这些寄生的重围。但它是在著,没有死。你只须拨开一些污潦就可以发见它还是在那里汩汩的溢出,在可爱的泉眼里,一颗颗珍珠似的急溜著。这正是我们工作的机会。爬梳这壅塞,粪除这秽浊,浚理这瘀积,消灭这腐化;开深这潜水的池潭,解放这江湖的来源。信心,忍耐。谁说这"一举手一投足"的勤劳不是一件伟大事业的开端,谁说这涓涓的细流不是一个壮丽的大河流

106

域的先声？

要从恶浊的底里解放圣洁的泉源，要从时代的破烂里规复人生的尊严——这是我们的志愿。成见不是我们的，我们先不问风是在那一个方向吹。功利也不是我们的，我们不计较稻穗的饱满是在那一天。无常是造物的喜怒，茫昧是生物的前途，临到"闭幕"的那俄顷，更不分凡夫与英雄，痴愚与圣贤，谁都得撒手，谁都得走；但在那最后的黑暗还不曾覆盖一切以前，我们还不一样的得认真来扮演我们的名分？生命从它的核心里供给我们信仰，供给我们忍耐与勇敢。为此我们方能在黑暗中不害怕，在失败中不颓丧，在痛苦中不绝望。生命是一切理想的根源，它那无限而有规律的创造性给我们在心灵的活动上一个强大的灵感。它不仅暗示我们，逼迫我们，永远望创造的，生命的方向走，它并且启示给我们的想象，物体的死只是生的一个节目，不是结束，它的威吓只是一个谎骗，我们最高的努力的目标是与生命本体同绵延的，是超过死线的，是与天外的群星相感召的。为此，虽则生命的势力有时不免比较的消歇，到了相当的时候，人们不能不醒起。我们不能不醒起，不能不奋争，尤其在人生的尊严与健康横受凌辱与侵袭的时日！来罢，那天边白隐隐的一线，还不是这时代的"创造的理想主义"的高潮的前驱？来罢，我们想像中曙光似的闪动，还不是生命的又一个阳光充满的清朝的预告？

载上海《新月》杂志第 1 卷第 1 号 (1928 年 3 月 10 日)

《诗刊》序语①

我们在《新月》月刊的预告中曾经提到前五年载在北京《晨报副镌》上的十一期诗刊。那刊物，我们得认是现在这份的前身。在那时候也不知那来的一阵风忽然吹旺了少数朋友研求诗艺的热，虽则为时也不过三两个月，但那一点子精神，真而纯粹，实在而不浮夸，是值得纪念的。现在我们这少数朋友，隔了这五六年，重复感到"以诗会友"的兴趣，想再来一次集合的研求。因为我们有共同的信点。

第一我们共信（新）诗是有前途的；同时我们知道这前途不是容易与平坦，得凭很多人共力去开拓。

其次我们共信诗是一个时代最不可错误的声音，由此我们可以听出民族精神的充实抑空虚，华贵抑卑琐，旺盛抑销沉。一个少年人偶尔的抒情的颤动竟许影响到人类的终古的情绪；一支不经意的歌曲，竟许可以开成千百万人热情的鲜花，绽出瑰丽的英雄的果实。

更次我们共信诗是一种艺术。艺术精进的秘密当然是每一个天才不依傍的致力，各自翻出光荣的创例，但有时集合的纯理的探讨与更高的技术的寻求，乃至根据于私交的风尚的兴起，往往可以发生一种

---

①原题为《序语》。

108

殊特的动力，使这一种或那一种艺术更意识的安上坚强的基筑，这类情形在文艺史上可以见到很多。

因此我们这少数天生爱好，与希望认识诗的朋友，想斗胆在功利气息最浓重的地处与时日，结起一个小小的诗坛，谦卑的邀请国内的志同者的参加，希冀早晚可以放露一点小小的光。小，但一直的向上；小，但不是狂暴的风所能吹熄。我们记得古希阿加孟龙王战胜的消息传归时，帕南苏斯群山的山顶一致点起燎天的烽火，照出群岛间的雄涛在莽苍的欢舞。我们对着晦盲的未来，岂不也应有同样光明的指望？

我们欣幸我们五年前的旧侣，重复在此聚首，除了远在北地未及加入的几个；我们更欣幸的是我们又多了新来的伙伴，他们的英爽的朝气给了我们不少的鼓舞。但我们同时不能不怅触的记起在这几年内我们已经折损了两个最有光彩的诗友，那就是湖南刘梦苇与浙江杨子惠；我们共同祷祝他们诗魂的永安。

本期稿件的征集是梦家、洵美、志摩的力量居多；编选是大雨、洵美、志摩负责的；封面图案与大体设计是要感谢张光宇、振宇昆仲与洵美；校对梦家与萧克木君。我们尤其得致谢不少投稿的朋友，希望他们以后给我们更多的帮助。割爱是不可避免的事实，我们敬求雅意的恕谅。

关于稿件，我们要说"奇迹"是一多《三年不鸣，一鸣惊人》的奇迹；大雨的三首商籁是一个重要的贡献！这竟许从此奠定了一种新的诗体；李惟建的两首《商籁》是他的《祈祷》全部都七十首里选录的；梦家与玮德的唱和是难能的一时的热情的奔放；实秋的论诗小札是本期惟一的论文，这位批评家的见地是从来不容忽略的。

志摩僭拟　十二月二十八日

载上海《诗刊》第 1 期（1931 年 1 月 20 日）

《诗刊》前言①

《诗刊》的印行本是少数朋友的兴会所引起；说实话我们当时竟连能否继续一点都未敢自信。但自诗刊出版以来，我们这点子贡献似乎颇得到读者们一些同情的注意，这使我们意外的感到欣幸，并且因而自勉。同时稿件方面，就本期披露的说，新加入的朋友有卞之琳林徽音尺棰宗白华曹葆华孙洵侯诸位，虽则我们致憾于闻朱饶诸位不曾有新作送来。最难得的是梁宗岱先生从柏林赶来论诗的一通长函，他的词意的谨严是近今所仅见。

大雨的《自己的写照》，是他的一首一千行长诗的一部，我们请求他先在本期发表。这二百多行诗我个人认为十年来（这就是说自有新诗以来）最精心结构的诗作。第一他的概念先就阔大，用整个纽约的城的风光形态来托出一个现代人的错综的意识，这须要的不仅是情感的深厚与观照的严密，虽则我们不曾见到全部，未能下精审的按语，但单看这起势，作者的笔力的雄浑与气魄的莽苍已足使我们浅尝者惊讶。我们热诚的期望他的全诗能早日完成，庶几我们至少有一篇新诗可以时常不颜汗的提到。

①原题为《前言》。

110

同时大雨的商籁体的比较的成功已然引起不少响应的尝试。梁实秋先生虽则说"用中文写 Sonnet 永远写不像",我却以为这种以及别种同性质的尝试,在不是仅学皮毛的手里,正是我们钩寻中国语言的柔韧性乃至探检语体文的浑成,致密,以及别一种单纯"字的音乐"(Word-music)的可能性的较为方便的一条路:方便,因为我们有欧美诗作我们的向导和准则。

现在已经有人担忧到中国文学的特性的消失。他们说:"你们这种尝试固然也未始没有趣味,并且按照你们自己立下的标准竟许有颇像样的东西,但你们不想想如果一直这样子下去,与外国文学竟许可以近似,但与你们自己这份家产的一点精神不是相离日远了吗?你们也许走近了丹德歌德或是别的什么德,但你们怎样对得住你们的屈原陶潜李白?"

因此原来跟着"维新"的人,有不少都感到神明内疚,有的竟已回头去填他们的五言七言,长令短令,有的看到较生硬的欧化的语句引为讪笑的谈助,自己也就格外的往谨慎一边走。

看情形我们是像到了一个分歧的路口——你向那一边走?

但这问题容易说远了去,不久许有别的机会来作更翔实的讨论,在此不过顺便说到罢了。我个人的感觉是在文学上的革命正如在政治上透彻是第一义;最可惜亦最无聊是走了半路就顾忌到这样那样想回头,结果这场辛苦等于白费。就平常闲着想,总觉得这时代的解放没有一宗是说得上告段落的,且不说彻底。我们都还是在时代的振荡中胚胎着我们新来的意识,只有在一个波涛低落第二个还不曾继起的一俄顷,我们或许有机会在水面上探起一个半晕眩的头,在水雾昏花里勉强辨认周围的光景。这分明离"静观自得"的境界还差得远。在不曾被潮流卷进的人固然也有,他们也许正站稳在安全的高处指点在潮流中

111

人的狼狈。但这时代不是他们的,我们决不羡慕他们安全的幸福,我们的标准不是安全,也不能是安全,我们是要在危险中求更大更真的生活,我们要跟随这潮流的推动,即使肢体碎成粉,我们的愿望永远是光明的彼岸。能到与否乃至有否那一个想像中的彼岸完全是另一个问题,我们意识的守住的只是一点志愿的勇往,同时我们的身体与灵魂在这骇浪的击撞中争一个刹那的生存,谁说这不是无上的快感?不,别对我说天下已经太平,我们只要穿上体面的衣衫,展开一脸的笑容,虔诚的感谢上苍,从容的来粉饰这太平的天下! 不,我只觉得我们还不够一半鲁莽,不够一半裂灭,不够一半野化,不够一半凶蛮。在思想上正如在艺术上,我们着实还得往深里走,往不可知的黑暗处走,非得那一天开掘到一泓澄碧的清泉我们决不住手。现在还差得远。

卞之琳与尺棰同是新起的情〈清〉音。我们觉得欣幸得能在本期初次刊印他们的作品。孙大雨的 King Lear 试译一节也是有趣味的。我们想第一次认真的试译莎士比亚,此后也许借用诗刊地位发表一些值得研究的片段。

最后我们要致谢各地来稿的朋友,他们的作品我们虽则抱歉不能一齐刊出,但他们同情的帮助是我们最铭感的。选稿本是吃力不讨好的事,得罪人往往不免,但我们既然负责做这件事,就不能不有所去取,标准当然是主观的,这也是无可如何的情形。但我们不惮一再要声明的,是我们绝对没有什么派别的成见。做编辑的最大的快乐,永远是作品的发见!

志摩,硪石,四月三十日

《诗刊》叙言①

本刊上期(第二期)付印后,书店的经理和总编辑曾经提出口头的抗议。他们说:"我们出诗刊固然是很好,并且销路也还不错,但这第二期的本子似乎是太厚了些。你们知道现在金价涨一切东西都贵,纸张排印工都比不得从前, 同时我们书的定价又苦于不能相当的提高,这就发生了困难。诗刊第一期因为有再版总算对付了过去,书店不致于赔多少钱,但第二期凭空增加了不少的页数,同时你们又得要精印封面考究纸张,再加定全年的又是特价,这笔帐算下来在书店方面干脆是亏本生意,恐怕即使卖到四千本还弥补不过来。书是当然要继续出,但此后的篇幅非得想法节省一点,再要按第二期的分量出下去营业方面实在是太说不过去了,所以这件事非得请你们原谅。"

现在第三期又要付印了。方才我拿一个算盘把全份诗稿的行数一计算,不好了,竟有一千三百行,平均每页印十二行就得一百多页。如其再把论诗的散文加下去,结果比上期的本子还得加厚! 平常一百几十页的一本平装书,定价至少要在五毛以上,现在诗刊每期只卖到二毛五,这无怪书店要着急。"真是一班诗人,"他们说,"一点生意的

①原题为《叙言》。

113

常识都没有！"

这期的稿件又来得格外多。国内有远到黑龙江四川广东的，国外有日本法国德国意国的来稿。如果我们把所有的来稿一起付印，书本至少还得加厚两三倍；对于稿件的选择我们已经觉得颇为严格；相当去取的标准是不能没有的。但我们手上这一千三百行实在是不能再有删弃，书店即使亏本我们也只能转请他们原谅的了。

为了节省篇幅，本期约定的散文稿也只能暂时不登。下一期我们想让出一半或更多的地位来给关于诗艺的论文；已约定的有孙大雨胡适之闻一多梁实秋梁宗岱徐志摩等，同时我们更希望有外来的教益。如果有相当的质量，我们也许提另出一本论诗的专号，虽则我们暂时不敢说定，得到临时看情形再说。关于论文的题材，我们姑就方便想到的提出几点——

（一）作者各人写诗的经验

（二）诗的格律与体裁的研究

（三）诗的题材的研究

（四）"新"诗与"旧"诗，词，曲的关系的研究

（五）诗与散文

（六）怎样研究西洋诗

（七）新诗词藻的研究

（八）诗的节奏与散文的节奏

本期的编者又得特别致谢孙大雨先生，因为他不仅给我们他的"声容并茂"的《自己的写照》的续稿，并且又慷慨的放弃他在别处可换得的颇大的稿费，让给我们刊载他的第二次莎士比亚试译，这工作所耗费的钟点几乎与译文的行数相等。这精神是可贵的，且不说他的译

笔的矫健与了解的透彻。我们敢说这是我们翻译西洋名著最郑重的一个尝试;有了他的贡献,我们对于翻译莎士比亚的巨大的事业,应得辨认出一个新的起点。

林徽音陈梦家卞之琳的抒情诗各自施展清新的韵味,都是可贵的愉快的工作。闻一多本定有较长的作品赶来,但自从武汉惨遭水淹以来,我们不曾得到他的消息。我们一致祝望他的无恙,同时更希望他这回目睹了空前的灾象,又是在他的故乡,当然再不能吝惜他的"灵魂的膂力",我们要求他再给我们一个"奇迹"!

上期的校对实在是太不像样;《自己的写照》一首诗里的字句与标点的讹失就有一百向外! 我们对作者与读者都觉得抱歉。从本期起编者决定兼负校对的责任。

附带声明一件事:本刊的作者林徽音,是一位女士,《声色》与以前的《绿》的作者林微音,是一位男士(现在广州新月分店主任),他们二位的名字是太容易相混了,常常有人错认,排印亦常有错误,例如上期林徽音即被误刊为"林薇音",所以特为声明,免得彼此有掠美或冒牌的嫌疑!

诗刊的稿件请就近寄下列两个地址

(一)邵洵美　上海二马路中央大厦十九号

(二)徐志摩　北平米粮库四号

载上海《诗刊》第 3 期(1931 年 10 月 5 日)

115

《落叶》序

　　这是我的散文集,一半是讲演稿:《落叶》是在师大,《话》在燕大,《海滩上种花》在附属中学,讲的。《青年运动》与《政治生活与王家三阿嫂》是为始终不曾出世的"理想"写的;此外三篇——《论自杀》,《列宁忌日——谈革命》,《守旧与"玩"旧》——都是先后在《晨报副刊》上登过的。原来我想加入的还有四篇东西:一是《吃茶》,平民中学的讲演,但原稿本来不完全,近来几次搬动以后,连那残的也找不到了;一是《论新文体》,原稿只剩了几页,重写都不行;还有两篇是英文,一是曾登《创造月刊》的《艺术与人生》,一是一次"文友会"的讲演——"Personal Impressions of H.G.Wells,Edward Carpenter,and Katherine Mansfield"——但如今看来都有些面目可憎,所以决意给割了去。

　　我的懒是没法想的,要不为有人逼著我,我是决不会自己发心来印什么书。促成这本小书,是孙伏园兄与北新主人李小峰兄,我不能不在此谢谢他们的好意与助力。

　　这书的书名,有犯抄袭的嫌疑,该得声明一句。《落叶》是前年九月间写的,去年三月欧行前伏园兄问我来印书,我就决定用那个名字,不想新近郭沫若君印了一部小说也叫《落叶》,我本想改,但转念同名的书，正如同名的人，也是常有的事，没有多大关系，并且北新的广告早一年前已经出去，所以也就随它。好在此书与郭书性质完全异样，想来沫若兄气量大，不至拿冒牌顶替的罪名来加给我吧。末了，我谢谢我的朋友一多因为他在百忙中替我制了这书面的图案。

上面是作者在这篇序里该得声明的话；我还想顺便添上几句不必要的。我印这本书，多少不免踌躇。这样几篇杂凑的东西，值得印成书吗？我是个为学一无所成的人，偶尔弄弄笔头也只是随兴，那够得上说思想？就这书的内容说，除了第一篇《落叶》反映前年秋天一个异常的心境多少有点分量或许还值得留，此外那几篇都不能算是满意的文章，不是质地太杂，就是笔法太乱或是太松，尤其是《话》与《青年运动》两篇，那简直是太"年轻"了，思想是不经爬梳的，字句是不经洗炼的，就比是小孩拿木片瓦块放在一堆，却要人相信那是一座皇宫——且不说高明的读者，就我这回自己校看的时候，也不免替那位大胆厚颜的"作者"捏一大把冷汗！

我有一次问顾颉刚先生他一天读多少时候书。他说除了吃饭与睡觉！我们可以想像我们《古史辨》的作者就在每天手拿著饭箸每晚头放在枕上的时候还是念念不忘他的"禹"与他的"孟姜女"！这才是做学问；像他那样出书才可以无愧。像我这样人那里说得上？我虽则未尝不想学好，但天生这不受羁绊的性情，一方在人事上未能绝俗，一方在学业上又不曾受过站得住的训练，结果只能这"狄来唁"式的东拉西凑；近来益发感觉到活力的单薄与意识的虚浮，比如阶砌间的一凹止水，暗涩涩的时刻有枯竭的恐怖，那还敢存什么"源远流长"的妄想？

六月二十八日　北京

载北京《晨报副刊》1926 年 7 月 3 日

给陆小曼的信①

——《巴黎的鳞爪》代序

这几篇短文,小曼,大都是在你的小书桌上写得的。在你的书桌上写得:意思是不容易。设想一只没遮拦的小猫尽跟你捣乱:抓破你的稿纸,踹翻你的墨盂,袭击你正摇着的笔杆,还来你鬓发边擦一下,手腕上龈一口,偎着你鼻尖"爱我"的一声叫又跳跑了! 但我就爱这捣乱,蜜甜的捣乱,抓破了我的手背我都不怨,我的乖! 我记得我的一首小诗里有"假如她清风似的常在我的左右",现在我只要你小猫似的常在我的左右!

你又该撅嘴生气了吧,曼,说来好像拿你比小猫。你又该说我轻薄相了吧。凭良心我不能不对你恭敬的表示谢意。因为你给我的是最严正的批评(在你玩儿够了的时候),你确是有评判的本能,你从不容许我丝毫的"臭美",你永远鞭策我向前,你是我的字业上的诤友! 新近我懒散得太不成话了,也许这就是驽马的真相,但是曼,你不妨到时候再扬一扬你的鞭丝,试试他这赢倒是真的还是装的。

志摩八月二十日

选自《巴黎的鳞爪》上海新月书店 1927 年

《翡冷翠的一夜》序

小曼：

　　如其送礼不妨过期到一年的话，小曼，请你收受这一集诗，算是纪念我俩结婚的一份小礼。秀才人情当然是见笑的，但好在你的思想，眉，本不在金珠宝石间！这些不完全的诗句，原是不值半文钱，但在我这穷酸，说也脸红，已算是这三年来唯一的积蓄。我不是诗人，我自己一天明白似一天，更不须隐讳；狂妄的虚潮早经销退，余剩的只一片粗确的不生产的砂田，在海天的荒凉中自艾。"志摩感情之浮，使他不能为诗人，思想之杂，使他不能为文人。"这是一个朋友给我的评语。煞风景，当然，但我的幽默不容我不承认他这来真的辣入骨髓的看透了我。煞风景，当然，但同时我却感到一种解放的快乐——"我不想成仙，蓬莱不是我的分，我只要地面情愿安分的做人"……

　　本来是！"如其诗句得来"，诗人济慈说："不像是叶子那么长上树枝，那这不如不来的好。"我如其曾经有这一星星诗的本能，这几年都市的生活早就把它压死，这一年间我只淘成了一首诗，前途更是渺茫，唉，不来也吧，只是我怕辜负你的期望，眉，我如何能不感到惆怅！因此这一卷诗，大约是末一卷吧，我不能不郑重的献致给你，我爱，请你留了它，只当它是一件不稀奇的古董，一点不成品的纪念。……

志摩

八月二十三日花园别墅

选自《巴黎的鳞爪》，上海新月书店 1928 年版

《轮盘》自序

在这集子里，《春痕》，原名《一个不很重要的回想》，是登一九二三年的《努力周报》的，故事里的主人翁是在辽东惨死的林宗孟先生。《一个清清的早上》和《船上》曾载《现代评论》；《两姊妹》，《老李的惨史》，见《小说月报》。《肉艳的巴黎》即《巴黎鳞爪》的一则；见《晨报副刊》。《轮盘》不曾发表过。其余的几篇都登过《新月》月刊。

我实在不会写小说，虽则我很想学写。我这路笔，也不知怎么的，就许直着写，没有曲折，也少有变化。恐怕我一辈子也写不成一篇如愿的小说，我说如愿因为我常常想象一篇完全的小说，像一首完全的抒情诗，有它特具的生动的气韵，精密的结构，灵异的闪光，我念过佛洛贝尔，我佩服。我念过康赖特，我觉得兴奋。我念过契诃甫曼殊斐儿，我神往。我念过胡尔佛夫人，我拜倒。我也用同样眼光念司德莱睿(Lytton Strachey)，梅耐尔夫人(Mrs.Alice Meynell)，山潭野衲(George Santayana)乔治马(George Moore)赫孙(W.H.Hudson)等的散文，我没有得话说。看，这些大家的作品，我自己对自己说："这才是文章！文章是要这样写的：完美的字句表达完美的意境。高抑列奇界说诗是 Best words in best order。但那样的散文何尝不是 Best words in best order，他

徐志摩谈文学创作

们把散文做成一种独立的艺术。他们是魔术家。在他们的笔下,没有一个字不是活的。他们能使古奥的字变成新鲜,粗俗的雅驯,生硬的灵动。这是什么秘密?除非你也同他们似的能从文字里创造有生命的艺术,趁早别多造孽。"

但孽是造定的了!明知是糟蹋文字,明知写下来的几乎全都是 Still-born 还得厚脸来献丑。我只有一句自解的话。除了天赋的限度是事实无可勉强,我敢说我确是有愿心想把文章当文章写的一个人。至于怎么样写才能合时宜,才能博得读者的欢心的一类念头,我从不曾想到过。这也许也是我的限度的一宗。在这一点上,我期望我自己能永远崛强:

　　我不知道风

　　是在那一个方向吹……

这册小书我敬献给我的好友通伯和叔华。

志摩十八年五月

选自《轮盘》,上海中华书局 1930 年版

《猛虎集》序

在诗集子前面说话不是一件容易讨好的事。说得近于夸张了自己面上说不过去，过分谦恭又似乎对不起读者。最干脆的办法是什么话也不提，好歹让诗篇它们自身去承当。但书店不肯同意；他们说如其作者不来几句序言书店做广告就无从着笔。作者对于生意是完全外行，但他至少也知道书卖得好不仅是书店有利益，他自己的版税也跟着像样，所以书店的意思，他是不能不尊敬的。事实上我已经费了三个晚上，想写一篇可以帮助广告的序。可是不相干，一行行写下来只是仍旧给涂掉，稿纸糟蹋了不少张，诗集的序终究还是写不成。

况且写诗人一提起写诗他就不由得伤心。世界上再没有比写诗更惨的事；不但惨，而且寒伧。就说一件事，我是天生不长髭须的，但为了一些破烂的句子，就我也不知曾经捻断了多少根想象的长须！

这姑且不去说它。我记得我印第二集诗的时候曾经表示过此后不再写诗一类的话。现在如何又来了一集，虽则转眼间四个年头已经过去。就算这些诗全是这四年内写的(实在有几首要早到十三年份)，每年平均也只得十首，一个月还派不到一首，况且又多是短短一橛的。诗固然不能论长短，如同 Whistler 说画幅是不能用田亩来丈量的。但事实是咱们这年头一口气总是透不长——诗永远是小诗，戏永远是独幕，小说永远是短篇。每回我望到莎士比亚的戏，丹丁的神曲，歌德的浮士德一类作品比方说，我就不由的感到气馁，觉得我们即使有一些声音，那声音是微细得随时可以用一个小姆指给掐死的。天呀! 那天我们才可以在创作里看到使人起敬的东西? 那天我们这些细嗓子才可以豁免混充大花脸的急涨的苦恼?

说到我自己的写诗，那是再没有更意外的事了。我查过我的家谱，从永乐以来我们家里没有写过一行可供传诵的诗句。在二十四岁以前我对于诗的兴味远不如我对于相对论或民约论的兴味。我父亲送我出洋留学是要我将来进"金融界"的，我自己最高的野心是想做一个中国的 Hamilton! 在二十四岁以前，诗，不论新旧，于我是完全没有相干。我这样一个人如果真会成功一个诗人——那还有什么话说?

但生命的把戏是不可思议的! 我们都是受支配的善良的生灵，那件事我们作得了主? 整十年前我吹着了一阵奇异的风，也许照着了什么奇异的月色，从此起我的思想就倾向于分行的抒写。一份深刻的忧郁占定了我; 这忧郁，我信，竟于渐渐的潜化了我的气质。

话虽如此，我的尘俗的成分并没有甘心退让过; 诗灵的稀小的翅膀，尽他们在那里腾扑，还是没有力量带了这整份的累坠往天外飞的。且不说诗化生活一类的理想那是谈何容易实现，就说平常在实际生活的压迫中偶尔挣出八行十二行的诗句都是够艰难的。尤其是最近几年，有时候自己想着了都害怕: 日子悠悠的过去内心竟可以一无消息，不透一点亮，不见丝纹的动。我常常疑心这一次是真的干了完了的。如同契珑瑞的一身美是问神道通融得来限定日子要交还的，我也时常疑虑到我这些写诗的日子，也是什么神道因为怜悯我的愚蠢暂时借给我享用的非分的奢侈。我希望他们可怜一个人可怜到底!

一眨眼十年已经过去。诗虽则连续的写,自信还是薄弱到极点。"写是这样写下了,"我常自己想,"但准知道这就能算是诗吗?"就经验说,从一点意思的晃动到一篇诗的完成,这中间几乎没有一次不经过唐僧取经似的苦难的。诗不仅是一种分娩,它并且往往是难产!这份甘苦是只有当事人自己知道。一个诗人,到了修养极高的境界,如同泰谷尔先生比方说,也许可以一张口就有精圆的珠子吐出来,这事实上我亲眼见过来的不打谎,但像我这样既无天才又少修养的人如何说得上?

只有一个时期我的诗情真有些像是山洪暴发,不分方向的乱冲。那就是我最早写诗那半年,生命受了一种伟大力量的震撼,什么半成熟的未成熟的意念都在指顾间散作缤纷的花雨。我那时是绝无依傍,也不知顾虑,心头有什么郁积,就付托腕底胡乱给爬梳了去,救命似的迫切,那还顾得了什么美丑!我在短时期内写了狠多,但几乎全部都是见不得人面的。这是一个教训。

我的第一集诗——《志摩的诗》——是我十一年回国后两年内写的;在这集子里初期的汹涌性虽已消灭,但大部分还是情感的无关阑的泛滥,什么诗的艺术或技巧都谈不到。这问题一直要到民国十五年我和一多今甫一群朋友在《晨报副镌》刊行《诗刊》时方才开始讨论到。一多不仅是诗人,他也是最有兴味探讨诗的理论和艺术的一个人。我想这五六年来我们几个写诗的朋友多少都受到《死水》的作者的影响。我的笔本来是最不受羁勒的一匹野马,看到了一多的谨严的作品我方才憬悟到我自己的野性;但我素性的落拓始终不容我追随一多他们在诗的理论方面下过任何细密的工夫。

我的第二集诗——《翡冷翠的一夜》——可以说是我的生活上的又一个较大的波折的留痕。我把诗稿送给一多看，他回信说"这比《志摩的诗》确乎是进步了——一个绝大的进步"。他的好话我是最愿意听的，但我在诗的"技巧"方面还是那楞生生的丝毫没有把握。

最近这几年生活不仅是极平凡，简直是到了枯窘的深处。跟着诗的产量也尽"向瘦小里耗"。要不是去年在中大认识了梦家和玮德两个年青的诗人，他们对于诗的热情在无形中又鼓动了我奄奄的诗心，第二次又印《诗刊》，我对于诗的兴味，我信，竟可以销沈到几于完全没有。今年在六个月内在上海与北京间来回奔波了八次，遭了母丧，又有别的不少烦心的事，人是疲乏极了的，但继续的行动与北京的风光却又在无意中摇活了我久蛰的性灵。抬起头居然又见到天了。眼睛睁开了心也跟着开始了跳动。嫩芽的青紫，劳苦社会的光与影，悲欢的图案，一切的动，一切的静，重复在我的眼前展开，有声色与有情感的世界重复为我存在；这仿佛是为了要挽救一个曾经有单纯信仰的流入怀疑的颓废，那在帷幕中隐藏着的神通又在那里栩栩的生动：显示它的博大与精微，要他认清方向，再别错走了路。

我希望这是我的一个真的复活的机会。说也奇怪，一方面虽则明知这些偶尔写下的诗句，尽是些"破破烂烂"的，万谈不到什么久长的生命，但在作者自己，总觉得写得成诗不是一件坏事，这至少证明一点性灵还在那里挣扎，还有它的一口气。我这次印行这第三集诗没有别的话说，我只要藉此告慰我的朋友，让他们知道我还有一口气，还想在实际生活的重重压迫下透出一些声响来的。

你们不能更多的责备。我觉得我已是满头的血水，能不低头已算是好的。你们也不用提醒我这是什么日子；不用告诉我这遍地的灾荒，与现有的以及在隐伏中的更大的变乱，不用向我说正今天就有千万人在大水里和身子浸着，或是有千千万人在极度的饥饿中叫救命；也不用劝告我说几行有韵或无韵的诗句是救不活半条人命的；更不用指点我说我的思想是落伍或是我的韵脚是根据不合时宜的意识形态的……这些，还有别的很多，我知道，我全知道；你们一说到只是叫我难受又难受。我再没有别的话说，我只要你们记得有一种天教歌唱的鸟不到呕血不住口，它的歌里有它独自知道的别一个世界的愉快，也有它独自知道的悲哀与伤痛的鲜明；诗人也是一种痴鸟，他把他的柔软的心窝紧抵着蔷薇的花刺，口里不住的唱着星月的光辉与人类的希望，非到他的心血滴出来把白花染成大红他不住口。他的痛苦与快乐是浑成的一片。

选自《猛虎集》，上海新月书店 1931 年版

127

徐志摩谈文学创作

《五言飞鸟集》序

《飞鸟》(The Stray Birds)本是泰戈尔先生一集英译小诗的题名。郑振铎先生从泰戈尔先生的几本英译诗集里,采译了三百多首,书名就叫《飞鸟集》。他的语体是直译。姚茫父先生又把郑译的《飞鸟集》的每一首或每一节译成(该说演吧)长短不一致的五言诗,书名叫《五言飞鸟集》就是现在这集子。这是不但文言而且是古体译的当代外国诗。

这是极妙的一段文学因缘。郑先生看英文,不看彭加利文。姚先生连英文都不看。那年泰戈尔先生和姚先生见面时,这两位诗人,相视而笑,把彼此的忻慕都放在心里。泰戈尔先生把姚先生的画带回到山梯尼克登去,陈列在他们的美术馆里,姚先生在他的"莲花寺"里,闲暇的演我们印度诗人的"飞鸟"。

姚先生不幸已经作古,不及见到这集子的印成,这是可致憾的,因为他去年曾经一再写信给我问到这件事。我最后一次见姚先生是一九二六年的夏天,在他得了半身不遂症以后。我不能忘记那一面。他在他的书斋里危然的坐着,桌上放着各种的颜色,他才作了画。我说:"茫父先生,你身体复原了吗?""病是好了,"他说,"只是只有半边身子是活的了。""既然如此,"我说,"你还要劳着画画吗?"他忽然瞪了大眼提高了声音,使着他的贵州腔喊说:"没法子呀,要吃饭没法子呀!"我只能点着头,心里感着难受。

虽则他的成就也许不易说到一个大字,茫父先生在他的诗里,如同在他的画里,都有他独辟的意境。贵阳一带山水的奇特与瑰丽,本不是我们只见到平常培塿的江南人所能想像;茫父先生下笔的胆量正如他的运思的巧妙,他可以不断的给你惊奇与讶喜。山抱着山,他还到山外去插山,红的、蓝的、青的、黄的,像是看山老人,"醉归扶路"时的满头花。水绕着水,他还到水外去写水,帆影高接着天,芦苇在风前吹弄着音调。一枝花,一根藤,几件平常的静物,一块题字,他可以安排出种种绝妙的姿态。茫父先生的心是玲珑的。

至于他的译诗,我们当然不能责望他对于原作的正确。他的方法是把郑译的散体改造成五言的韵文,有时剪裁,有时引申,在他以为大致不错就是。在他比较成功的时候,也有颇流丽、清新的句子。例如:

萤火煽秋夜　　零乱不成行

众星未相忌　　一样是幽光

曜时天上星　　缀时花头露

星沉露亦稀　　向晓花如诉

缠绵岸语水　　一逝吾何寻

愿留将去迹　　深深印予心

幽沉黑夜里　　密密锁如囊

其中有黎明　　豁然见金光

心趁微风生　　便挂片帆去

不管何处行　　但逢碧岛住

129

徐志摩谈文学创作

花睡正未醒　　朦胧软红里
一一寻蝶路　　尔梦应可喜
独觉黑夜美　　其美无人知
恰如所欢来　　正当灯灭时
人情鸥与波　　相遇既相狎
鸥飞波更落　　离合成一霎
无住海潮音　　日夜作疑语
问天何言答　　默默与终古

　　像这类的愉快是不胜举的。同时他当然也不免有拙与晦的时候，尤其是晦，因为在了解不能完全时，一个译者往往容易有模棱的文字来勉强对付过去。但姚先生这样译泰戈尔先生诗是完全可以原恕的，如其我们可以原恕大部分佛经的译法。

　　顺便我想关于泰戈尔先生的诗说一句话。我曾经有幸运和这当代的大诗人共同过晨夕，我知道他的日常的生活，我也知道他的工作的常态。每天天正放亮时他就起身，在晨星的青光里他静静的坐着。他不祷告；他只把他的身心交付给大自然的神秘，他的心灵，正如他的苍皓的须发和他校园里的 shafal 的满树的花，在晓风里幽微的欣快的颤动着。他听见海的嘶鸣，他就轻轻的问它在问些什么；他又望见天的高深与沉默，他就说这就是你的答话吗？曾经有多少次我在他身旁，见他睁开他的半拢着眼，微笑着谈话似的指点着跟前的事物，多甜多软的声音——啊，他随手拈来的都是妙谛，都是我们凡夫们枉然想象的不朽的名句！"这天，"他一天在汤山时对我说："这天的蓝想望着地的绿，风在他们中间叹息着啊！"如其这不是诗，我不知道什么是诗。他的诗的人格是和谐而完美的。像是一颗古树，他的顶颠是高耸在云中，他的根脚深入在地里。他是不可比拟的。

就是从那一点灵机，判出诗的真伪。风吹着树，树叶子摇；风吹着水，水面上发生涟漪；早阳在东陲升起，鸟雀们感到忻快，萤火在荒野里自己照着路；明月无声将它的绿的光辉寄放在睡孩的咽喉间。这些都是自然的会合，自然的感应，没有假借，也无从勉强的。泰戈尔大部分的诗作就是那样来的，他是一张琴弦调正了的琴，有轻微的吹息，他那里就有微妙的音声。

文字只有在诗人的手里是活的。这意思是只有诗人才能用文字来解脱文字。文字本是一种多少的障碍，一种不完全的工具。诗人就能使那一重障碍微薄得像一层轻纱，他使你不但在一瞥间望得见实在世界（那就是理想的世界）的本真，他还渲上一些他的人格的颜色，像晚霞在雪地里渲出使人心醉的彩色。因此关于他的翻译是分外的难。难不在文字，而在你译的人能否完全的体会到他那时的一点极微妙但极真实的灵机。你能完全得到时，你自会"解化的"来运用你的文字；否则你如果仅仅在字面上寻求，那就等于在暗中摸索，那一点子你是捉不到的了。他在他的最近的《萤火集》里说：

> 如同树上的叶子，
> 我脱落我的字句在地上，
> 让我的不出口的思想在你的沉默中开花。

他又说：

在沉默的声音接触我的字句时，

我认识他，因此我认识我自己。

我可以继续举引他的诗句，但我得等另一个机会再来更亲切的讨论关于泰戈尔的诗以及因他的诗所引起的有趣味的问题了。

民国十九年八月

选自姚华著，《五言飞鸟集》，上海中华书局1931年版

132

《醒世姻缘》序

一

去年夏天我在病中问适之先生借小说看，他给了我一部木板的《醒世姻缘》，两大函，二十大本。我打开看时，纸是黄得发焦，字印得不清亮，线装都已线断，每页上又全有蠹鱼的痕迹，脆薄得像竹衣，一沾手就破裂。我躺在床上略略一翻动，心就着慌，因为纸片竟像是蝴蝶粉翅似的有挂宕的，有翕张的，有飞扬的，我想糟，木板书原来是备供不备看的，这二十大本如何完篇得了——结果看不到半本就放下了。

隔一天适之来看我，问《醒世姻缘》看得如何。我皱着眉说那部书实在不容易伺候，手拿着本子一条心直怕它变蝴蝶，故事再好也看不进去。适之大笑说这也难怪你，但书是真不坏，即不为消遣病钟点你也得看，现在这样罢，亚东正在翻印这部书，有一份校样在我那里，那是洋纸印铅字，外加标点，醒目得多，我送那一部给你看罢。

果然是醒目得多！这来我一看入港，连病也忘了，天热也忘了，终日看,通宵看,眼酸也不管,还不得打连珠的哈哈。太太看我这疯样,先是劝,再来是骂,最后简直过来抢书。有什么好看,她骂说,这大热天挨在床上逼着火,你命要不要,你再不放手我点火把它烧了,看你看得成! 我正看了书里的怒容,又看到太太的怒容,乐得更凶了。我乐她更恼。天幸太太是认字的,并且也是个小说迷,我就央说太太,我们讲理好不好,我翻好一两节给你看,如果你看不出妙处,如果你看了不打哈,那我认输,听凭你拿走或是撕或是烧! 她还来不及回话,我随手翻了一回给她看——也许是徽州人汪为露那一回,也许是智姐急智那一回,也许是狄希陈坐"监"那一回,也许相子廷教表兄降内那一回,也许是白姑子赶贼请先生那一回,我记不得了,反正那一回都成。我一壁念,她先撅着口,还有气,再念下去她眼也跟着字句上下看,再念她口也开了,哈哈也来了……忽然她又收住了笑(我一跳),伸手说拿第一本给我!

一连几天我们眼看肿,肚子笑痛。书是真好,我们看完后同意说,只是有地方写书人未免损德过大些,世上悍妇尽有,但那有像素姐那样女人,懦夫也尽有,但那有像狄希陈那样男子。

书是真妙,我们逢人便夸,有时大清早或半夜里想起书里的妙文都掌不住大笑。

二

那写书人署名西周生的,我不久又听适之说起,原来是蒲公松龄! 初起我不信,看笔法《聊斋》和《醒世姻缘》颇不易看出相似处。但考据先生说的话是有凭有证的,他说《聊斋》笔法虽不相类,你去看北京出版的《聊斋》白话韵文，他既能写那样的白话，何以不能写《醒世姻缘》。说起蒲公的作品还多着哩，我们都没有见过，新近有一位马立勋的见到了不少原稿，正在整理付印。并且就说《聊斋》，你不记得《江城》和《马介甫》两篇故事么？江城和杨尹氏就是素姐的影子，高蕃和杨万石就是狄希陈的胚子。蒲老先生想必看到听到不少凶悍恶泼的故事，有的竟超越到情理之外，决不能以常情来作解释，因而他转到果报的念头，因为除此更没有别的可能的说法。人间的恩爱夫妻(？)我们叫作好姻缘，但夫妻不完全是根据好缘法来的。他说："大怨大仇，势不能报，今世皆配为夫妻。"这是什么道理呢？因为说到冤怨相报，别的方法都不痛快，"惟有那夫妻之中，就如脖项上瘿袋一样，去了愈要伤命，留着大是苦人；日间无处可逃，夜间更是难受，官府之法莫加，父母之威不济，兄弟不能相帮，乡里徒操月旦。即被他骂死，也无一个来解纷；即被他打死，也无一个劝开。你说要生，他偏要处置你死；你说要死，他偏要教你生。将一把累世不磨的钝刀在你头上锯来锯去，教你零敲碎受；这等报复，岂不胜于那阎王的刀山，剑树，砲捣，磨捱，十八层阿鼻地狱？"娇妻是一道，还有美妾也是供你受用的。看本书三十回第二十页：——

　　晁夫人又问："你为甚么又替晁源为妾？"计氏说："我若不替他做妾，我合他这辈子的冤仇可往那里去报？"晁夫人说："你何不替他做妻？单等做了妾才报的仇吗？"计氏说："他已有被他射死的那狐精与他为妻了。"晁夫人问说："狐精既是被他射死，如何到要与他为妻？"计氏说："做了他的妻妾，才好下手报仇，叫他没处逃，没处躲，言语不得，哭笑不得，经不得官，动不得府，白日黑夜，风流活受，这仇才报得茁实！叫他大大的打了牙，往自己肚

徐志摩读文学创作

里咽哩！"

我现在又见着蒲留仙别的作品，果然是大手笔，《聊斋》虽好，或许还不是他的第一部杰作，看来《醒世姻缘》那样的规模确是非他不办的。

三

但关于蒲留仙作《醒世姻缘》的掌故，适之先生另有长篇考据，我现在要说的是我个人看了这部小说后的一点杂感罢了。

我说到我去夏在病中看到《醒世姻缘》的兴会。说也真巧，一壁我和小曼正说素姐那样人写得过火，一壁就有人——而且不止一个——来现身说法，听得我们毛骨耸然，这才知道天地真是无奇不有，再回想到蒲留仙笔下的素姐，倒反觉得她的声色也是未尝不可以理解的了！我们来看看素姐的姿态：——

素姐伸出那尖刀兽爪，在狄希陈脖子上挝了三道二分深五寸长的血口，鲜血淋漓。狄希陈忍了疼，幸得把汗布夺到手内。素姐将狄希陈扭肩膊，拧大腿，搯胳膊，打嘴巴，七十二般非刑，般般演试。拷逼得狄希陈叫菩萨，叫亲娘。

素姐拦住房门，举起右手望着狄希陈左边腮颊尽力一掌，打了呼饼似的一个焌紫带青的一个伤痕，又将左手在狄希陈脖子上一挝，把狄希陈仰面朝天，叉了个"东床坦腹"，口里还说，"你是甚地？你敢不与我看！我敢这一会子立劈了你！"

这是够味儿的，但狄希陈先生的挨揍还不是他自己的情亏理缺？谁叫他放着绝艳的夫人在家里还要去沾恋旧时的闲花野草，袖内藏什么"汗巾子"，怀里揣什么"软骨装"的眠鞋？看了他那贼头狗脑的怪相谁能不招火，那怪得素姐？我们的朋友曾经为了怎样也派不到一个错字的事儿挨过类似的生活，又何尝敢回手——怪得谁？

我们再来听听素姐的娇声：——

"这样有老子生没老子管的东西，我待不见哩！一个孩子，任着他养女吊妈的，弄的那鬼，说那踢天弄井待怎样么！又没瞎了眼，又没聋着耳朵，凭着他，不管一管儿！别人看拉不上，管管儿，还说不是！……生生的拿着养汉老婆的汗巾子。我查考查考。认了说是他（希陈先生的令堂）的，连个养汉老婆也就情愿认在自己身上哩！这要不是双小鞋（她亲手抄着的现赃），他要只穿的下大拇指头去，他待不说是他哩么？儿子干的这歪营生，都换在身上；到明日闺女屋里拿出孤老来，待不也说是自家哩？'槽头买马看母子'，这娘们母子也生的出好东西来哩？'我还有好几顷地哩，卖两顷给他嫖！'你能有几顷地？能卖几个两顷？只怕没得卖了，这两把老骨拾还叫他撒了哩！小冬子要不早娶了巧妮子去，只怕卖了妹子嫖也是不可知的！你夺了他去呀怎么？日子树叶儿似的多哩，只别撞在我手里！我可不还零碎使针够他哩，我可一下子是一下子的！我没见天下饿杀了多少寡妇老婆，我还不守他娘那么寡哩！"

137

且不说这番发作本身是绝妙的词令，素姐的话那一句不是纯粹理性，狄婆子驳不倒他，狄希陈先生更不提，你我看了前章后句又何敢批削她的一半个字？再说爽快骂出口的在事实上还不失是一位爽利的女性。素姐打是打，骂是骂，全是中锋阳性正面文章，单看她理直气壮，振振有词的模样，你就数她不上一个坏字！有的朋友还只巴望他那闺人有素姐那样的堂皇正大哩！

再说素姐虽则是薛教授的闺女，我们知道她认不到多少字，她碰巧脾气来踉些，口气来得脆些，你能怪吗？有的朋友家里的"素姐"是出过大洋念过整本皮装书的哩！

再说单是皮肉受点罪那还算什么事，现代人发明了人有"精神"，又发明了什么叫作"精神痛苦"的，那，他们说，此〈比〉身体上的痛苦要难受到万倍！我们的狄希陈先生，皮肉虽然常烂，却从不曾提到过精神痛苦一类字样。现代的素姐有时不动手可以逼得你要发疯，上吊，跳河！

再说素姐固然是凶，说到对付丈夫，她打了他不错，但她自己又何尝不挨别人的打，真的每次打得连她都害怕——狄婆子的皮鞭她挨过，相大妗子的棒槌她挨过，刘超蔡的马弁的毒手她也挨过，且不说往后猴子的促狭和寄姐的踩蹒，她什么没有受过？现代的素姐可只许她们耍身手开胃，谁要是吹动了她一根毛发，问题就闹大了——"侮辱女性"那还得了？

再说我们听听素姐清醒时的谈吐：——

"……我只见了他(希陈先生，当然)，那气不知从那里来，有甚么闲心想着这个!……这却连我自己也不省的。其实俺公婆极不

138

琐碎，且极疼我；就是他也极不敢冲犯着我；饶我这般难为了他，他也绝没有丝毫怨我之意。我也极知道公婆是该孝顺的，丈夫是该爱敬的，但我不知怎样，一见了他，不由自己就像不是我一般，一似他们就合我有世仇一般，恨不得不与他们俱生的虎势。……他如今不在跟前，我却明白又悔，再三发恨要改，及至见了，依旧还是如此。我想起必定前世里与他家有甚冤仇，所以鬼使神差，也由不得我自己。"

如今的素姐们能有这样完全客观的清醒的时刻吗？其实这又是蒲老先生的过虑，他是担心把素姐写得太不近人情，不像人样，所以编插了整套的因果进去。声明这所有的恶毒的发源地不是一个人心，而是一个妖狐的心。我说他是过虑。这自然界那还有比人更复杂的东西，那还有比人心更多诡异的东西？——老实说"人"就是，你必凭空来作践别的上帝的生物？

四

说到这样我的感想更转上了严重的方向。说到夫妻，像狄希陈先生的家庭生活虽则在事实上并不是绝无仅有，但像那样的色彩丰富终究不是常例。但你能说常例都是好夫妻吗？就像这时候半夜里你想像在睡眠中的整个北京城：有多少对夫妻，穷的，富的，老的，少的，村的，俏的，都在"海燕双栖玳瑁梁"似的放平在长方形的床上或榻上或炕上做他们浓的，淡的，深的，浅的，美的，丑的，各家的夏梦！你问这里面有多少类似的明水村狄府的贤梁孟？那不敢说。那么说他们都是如胶如漆同心同德的好夫妻？那更不敢说。事实上真正纯粹的好夫妻恐怕狠近是一个理想的假设；类似狄府的家庭倒是真的有！大多数的家庭只是勉强过得去，虽则在外表上尽有不少极像样的。"家家有本难念的经"是真的。"难"的程度有不同罢了。有的干脆是"不知"，那是本人自己知道，旁人也得明白的。老爷指说太太德性的不完备，太太诉说老爷德性的不整齐。那是比较分明的。再有许多是"不合"！这不合可就复杂了。第一本人就不明白事情别扭在那一点上，有心里明白但是狃于惯性或是什么，彼此不能或不敢说出口的。尤其在一个根本不健康的社会和家庭环境如同我们的所产生出来的男女，他们多半是从小就结成种种"伏症"（Complex）和"抑止"（Iuhibilon），形成适之先生所谓"麻子哲学"的心理，再加上配偶的种种不自然，那问题就闹不了。

人与人要能完全相处如同夫妻那样密切，本是极柔纤极费周章的一件事。在从前全社会在一个礼法的大帽子底下做人的时代，人的神经没有现代人的一半微细和敏锐，思想也没一半自由和条达，那时候狠多事情比较的可以含混过去，比较的不成问题。现在可大不同了。礼法和习惯的帽子已经破烂，各个人的头颅却在挺露出来，要求自由的享受阳光与空气。男女的问题，几千年不成问题，忽然成了问题，而且是大问题。这问题在狭义的婚姻以得广义的男女！不解决，现代人说，我们就不能条畅的做人。同时科学家着了忙分头在检查细胞，观察原人和禽兽，试验各种的腺，追究各类的液，——希望直接间接以解决或减轻这大问题的复杂和困难性。

现代人至少在知识上确是猛进了很多。但知识是供给应用的；在我们中间有多少人是敢于在新知的光亮中，承认事实并且敢于拿生活来试验这新知的可恃性。最分明的一个例，是狠多人明知多量生育是不适宜，并且也明知只要到药剂师那里去走一趟就可以省却不少不便，但他们还是懒得动，一任自然来支配他们的运命。说到婚姻，更不知有多少人们明知拖延一个不自然的密切关系是等于慢性的谋杀与自杀，但他们也是懒得动，照样听凭自然支配他们的命运。他们心里尽明白，竟许口里也尽说。但永远不积极的运用这辛苦得来的智慧。结果这些组成社会的基本分子多半是不自然，弯曲，歪扭，疙瘩，怪僻，各种病态的男女！

这分明不是引向一个更光明更健康更自由的人类集合生活的路子。我们不要以为夫妻们的不和顺只是供给我们嬉笑的谈助，如同我们欣赏《醒世姻缘》的故事；这是人类的悲剧，不是趣剧；在这方面人类所消耗的精力，如果积聚起来，正不知够造多少座的金字塔，够开多少条的巴拿马运河哩！

五

我们总得向合理的方向走。我们如果要保全现行的婚姻制度，就得尽量尊重理性的权威——那是各种新智识的总和，在它的跟前，一切伦理的道德的宗教的社会的习惯和迷信，都得贴伏的让路。事实上它们不让也得让；因为让给理性是一种和平的演化的方式，如果一逢到本能的发作，那就等于逢到江河的横流，容易酿成不易收拾的破坏现象。革命永远是激成的。

当代的苏俄是革命可能的最澈底的一个国；苏俄的政府和民众也是在人生的多方面最勇于尝试的政府和民众。关于婚姻和男女的关系，也只有苏俄是最认清"事实"，并且是在认真的制作法令，开辟风气,设备种种的便利,为要消除或减轻人类自从"文明"以来所积受的各方面的符咒与桎梏的魔力。苏俄的男女是有法令的允许与社会的认可,在享受性择的自由。他们真的是自由结合,自由离散,并且,政府早替他们备有妥善的机关,自由防阻或销除受胎,以及自由把子女的教育权让给公众。在理论上不必废弃爱的观念,他们确是在实验的生活上,把男女这件事放到和饮食居住一类事极相近的平面上去了。有人爱吃大荤,有人爱吃净素;有人爱住闹市,有人爱住乡下,这是各人所好,谁也管不着的事。他们的婚姻男女,也就等于如此了。他们更大的目的,是在养成可能的最大多数的心智和体格一样健全可以充分为全社会工作的男子和女子。我们固然不敢说现在苏俄的男女,结婚的和不结婚的(那只是一个手续问题),平均起来,所享受的幸福,比别国的男女多,但我们颇可以相信他们在这问题上所感受的痛苦,浪漫的或非浪漫的,确是要比别种文明民族轻松得多。因而我们虽则不敢冒昧的指向苏俄说"他们是把男女问题彻底解决了的,这是人类的福音,我们也得跟着走",但我们不能制止我们自己对他们大胆的尝试,在这一件事如同在别件事上,感到尊敬和兴趣。尊敬,因为我们明知尝试是涵有牺牲性的! 兴趣,因为他们尝试的成功或失败都是我们现成的教训。

不,苏俄是不能学的。他们的人生观是一致的;除非你准备承受他们革命观的全部,你狠不易在土质与人情完全不同的地方,支节的抄袭他们的榜样。苏俄革命的重要只是一点:它告诉我们人类所有的人情礼法制度文化,都是相对而不是绝对的,因而都是可以改动的,并且,只要各部分都关照得到,即有较大的改动,也不致发生过分的不便。中国二十五年前的读书人,比方说,都把科举认作出身的唯一大路;我记得科举废止那一年,我有一个堂房伯父,他是五十岁的老童生,听到信息竟会伤心痛哭得什么似的。现在关于男女问题忧时卫道的先生们还不是都与那位老童生一鼻孔出气?你说外国人,俄国更不消说,都是禽兽,行,就叫他们禽兽,他们最可羡的地方正是他们的禽兽性,性与禽兽一样健康,一样快活!你说苏俄这样子下去一定得灭种,"乱交"不算,还要公开的打胎,节育,还要父母不管亲生儿女!那还有人样?但事实上这几年苏俄的人口反而看出可乐观的增加,并且他们的婴儿和孩童的快乐也不见比别处的不如。不,事情决不能那样看法的。

话说回来,为要减少婚姻和男女的纠纷我想我们至少应得合力来做下列几件事:——

一,我们要主张普及化关于心理生理乃至"性理"的常识。

二,我们要提倡充分应用这些智识来帮助建设或改造我们的实际生活。

三,我们要使男女结合成为夫妻的那件事趋向艰难的路。

四,我们要使婚姻解除——离婚——趋向简易而便利的路。

只有这样做我们才可以希望减少"恶姻缘",只有这样做才可以希望增加合式的夫妻与良好的结婚生活。只有这样才可以希望把弯曲,疙瘩,疯癫,怪僻,别扭的人等的数目,低减到少数特设的博物馆容留得下,而不再是触目皆是的常例。只有这样我们才可以希望成年的男女一个个都可以相当的享受健康,愉快,自然的生活。我们要把素姐那样凶悍到没人样的妇人,狄希陈那样狼狈到没人样的男人,永远供奉在文学里,作为荒诞的想像的产物,如同封神西游的神怪一般,或作为往古曾经有过的怪异或精品,如同古物院里的恐龙或画幅上的仕女。

六

话虽如此，我这马可又跑"野"了！婚姻男女是多复杂的问题，在小小的篇幅内，如何谈得出什么道理？近来因为听到乃至看到的丑恶的，有的简直《醒世姻缘》式的，结婚生活实在太多了，所以有了这发泄的机会就听信一枝秃笔胡乱的往下写，这是我该得向读者告罪的。我写这一篇更正当更紧要的任务是要对读者们说，这部书是写得如何的好，为何值得你看的工夫；不想正经不说，废话倒已是一大堆。现在让我来干脆说几句正经介绍话。

一，你要看《醒世姻缘》因为它是(据我看)我们五名内的一部大小说。有人也许要把它放得更上前，有人也许嫌放得太高，那是各人的看法。"大"是并指质和量的。这是一部近一百万言整一百回的大书，够你过瘾的。当代的新小说越来越缩小，小得都不像个书样了；且不说芝麻绿豆大的短篇，就是号称长篇的也是寒伧得可怜！要不了顿饭的辰光书已露了底；是谁说的刻薄话："现在的文人，如同现代的丈夫一样，都是还不曾开头已经完了的！"现在难得又有一部肥美的大作来供我们大嚼了，这还不好？又好在这书写的年代虽已不近，看到过的人比较不多！你赶快看，你有初次探险的满足！旧木板的本子，我在开头说过，是绝对不能看的，这次校对精良标点齐整的新本子才是你的读本。

二，你要看《醒世姻缘》因为这书是一个时代(那时代至少有几百年)的社会写生。现代最盛行的写实主义。可怜新小说家手拿着纸本铅笔想"充分""描写"一个洋车夫的生活，结果只看到洋车夫腿上的皮色似乎比别的部分更焦黄！或是描写一个女人的结果只说到她的奶子确乎比男人的夸大！我们的蒲公才是一等的写实大手笔！你看他一枝笔就像是最新的电影，不但活动，而且有十二分的声色。更妙的是他本人似乎并不费劲；他把中下社会的各色人等的骨髓都挑了出来供我们赏鉴，但他却从不露一点枯涸或竭蹶的神情，永远是他那从容，他那闲暇，我们想像他口边常挂着一痕"铁性"的笑，从悍妇写到懦夫，从官府写到胥吏，从窑姐写到塾老师，从权阉写到青皮，从善女人写到妖姬，不但神情语气是各合各的身份（忠实的写生），他［更］有本领使我们辨别得出各人的脚步与咳嗽，各人身上的气味！他是把人情世故看烂透了的。他的材料全是平常，全是腐臭，但一经他的渲染，全都变了神奇的了。最可钦佩的是他老先生自家的态度，永远是一种高妙的冷隽，任凭笔下写的如何活跃，如何热闹，他自己永远保持一个客观的距离，仿佛在微笑的说说"这算是人，这算是人生"！书里不少写猥亵的地方，比如写程大姐写汪为露那几段，但在他的笔下，猥亵也是似乎得到了超度。用一句现成话，他永远是"俗不伤雅"。他只是不放松的刻画人性；在艺术上不知忌惮，至少在作者，是完全可以理解的。他写的十分里有九分九是人类的丑态，他从不是为猥亵而猥亵；他的是一幅画里的必要的工细。但他的行文太妙了，一种轻灵的幽默渗透在他的字句间，使读者绝不能发生厌恶的感觉。他是一个趣剧的天才。他使你笑得打滚，笑得出眼泪，他还是不管，摇着一枝笔又去点染他的另一个峰峦了。他的画幅几乎和人生这面目有同等的宽广。

三，要你看《醒世姻缘》因为这是一部以"怕老婆"作主干的一部大书。一个大名的主人翁就是希陈——希陈者当然是希陈季常先生也！这是一个最贴己最家常的题目，同时也是个最耐寻味的题目。一个男人好好的为什么会得怕太太。夫妻的必要条件，不止是相爱，还得要相敬。这敬决不是一个形式问题，老话所谓"相敬如宾"乃至"上床夫妻，下床君子"等一套；敬的意思是彼此相互的人格的尊敬。男人得像一个男人，女人也得看她的本分。男人要是品性有卑劣处被太太看透了，那这位先生就永不必想能在太太跟前抬起头来。男子最多的通病是分赘，因而虚心，因而说谎，因而种种的糟——结果"怕"。更有许多夫妻不合的大原因是向来不许说出口的男人养不活太太，太太吃不饱一口饭，这是他又看[作]他的永生责任，太太尽可据为理由向旁人诉说的。但如果男人不能尽他的"丈夫"的责任，做他太太的还不是跟贫穷一样也许更不堪的难过，但关于此道太太（在从前至少）如何能大方的说出口——有狠多是他们自己也不明白的。结果太太脾气越坏，男人的心胆越寒，那还有什么幸福可言？《江城》里有几句话颇有道理：——

  ……生已畏若虎狼，即偶假以颜色，枕席之上，亦震慑不能为人，女批颊而叱去之，益厌弃不以人齿。生日在兰麝之乡，如犴狴中人仰狱吏之尊也。

狄希陈的怕素姐，来源虽则是"宿怨"，但我们一路看下去，不能不觉得狄希陈这样男人确是可厌，他的受罪固然是可怜。素姐的发威几乎是没有一次没有充分理由的。狄希陈是普天下懦夫的一面明镜！

全书的结构也都好，但前面二十二回是说书主人的前生的，一个似乎过分长些的楔子；但全书没有一回不生动，没有一笔落"乏"，是一幅大气磅礴一气到底的长江万里图，我们如何能不在欣赏中拜倒！

七月十日

载上海《新月》杂志第 4 卷第 1 号（1932 年 1 月）